COLEÇÃO PÊSSEGO AZUL

FERNANDA CALEFFI BARBETTA

MAÇÃ. MESA. MOEDA.

LARANJA ORIGINAL

Dedico este livro a todos os idosos
com demência e seus cuidadores
(familiares ou não)

SUMÁRIO

A demência
pode enganar
a memória,
mas o amor não
se esquece.

MEIA SETE

Sai correndo, demência, calma, não corre, respira, um sorrisinho, demência, mas você tem só sessenta e sete anos, a chave, cadê o carro?, demência, coloca o endereço no GPS, demência, não chora, não chora, dirige, demência, não chora, direita, vira à direita, seu marido, sua filha, seu netinho, não chora, só sessenta e sete, meia sete, demência, dirige, daqui a pouco não vai mais poder dirigir, tá chorando, falei que não ia chorar, demência, enxuga os olhos, tá difícil de enxergar, só faltava bater, demência, seu marido, sua filha, seu netinho, o nariz escorrendo, demência, vai escorrer e sujar todo o carro, limpa na blusa, demência, tomara que não tenha ninguém em casa, não tem ninguém em casa, não tem ninguém em casa, demência, devia ir a uma padaria, um parque, como vai ser agora?, no trabalho?, em casa?, demência, você tem só sessenta e sete anos, acabou, acabou, talvez se você bater com força em uma árvore, que árvore?, demência, ou num poste, seu marido, sua filha, seu netinho, você precisa de uma saída, abre a garagem, não vai raspar a lateral, não vai bater na casa, desliga, demência, sai do carro, não tem ninguém em casa, não tem ninguém em casa, demência, a porta da casa está destrancada, tem alguém em casa, tem alguém em casa, demência, só pode ser seu marido, ele vai perguntar por que você está chorando, demência, e vai saber antes de perguntar, como foi no médico?, que o médico disse que você tem alguma coisa ruim, mas ele não vai saber até você dizer, pode dizer, demência, você precisa dizer, demência, você diz, e ele te abraça, como assim?, demência?, palavra forte essa que você disse pra ele, mas foi a que o médico usou, demência, e por isso você quis sair correndo e não correu, não quis chorar e chorou, poderia ter ido a uma padaria, um parque, mas foi pra casa, quis arrebentar o carro na árvore, no poste, mas foi pra casa, quer sumir, mas ele te abraça tão apertado e não diz demência, diz que te ama e que vai dar tudo certo.

ESSES

Aquela ali no canto encurvada na cadeira de plástico é a que vai perguntar, com a boca sabor cobre, se o filho Heitor volta no sábado, sinto saudades, dirá antes de engolir a saliva que lhe falta. Tem vontade de pedir que ele venha todos os dias, suplicar que não a deixe ali na casa de repouso que ouviu alguém chamar de casa de velhinhos. Não quer ser velhinha, não quer repousar. Venha sábado para a festa, convidaria, mas a língua pega no céu da boca. Deve ser esse gosto de cobre.

Aquele ali escorregado no sofá é o que vai se levantar de repente, aos gritos, a mão para o alto, em busca de seus livros. Importantíssimos, ele dirá, antes de acusar o seu Lourival de ladrão filho da puta e ameaçar esmurrá-lo com o punho fraco. Seu Lourival, na poltrona do outro lado, terá dezessete segundos para tentar fugir para o seu quarto, se proteger ou revidar; mas erguer o corpo é difícil, principalmente hoje que o tremor amanheceu agudo. Então ficará imóvel, olhando para o homem muito alto que o ameaça sem razão.

Aquele ali com vontade de futuro é o que está prestes a planejar uma fuga perfeita com escaladas de paredes, derrubada de portas e alguns golpes como os que costumava ver nos filmes do Steven Seagal. Não me sigam, eu sou livre, ele vai gritar, arrumando as palavras na boca que pouco o obedece. Amanhã, irá maquinar um plano diverso que envolverá mentiras, charme e o roubo de chaves.

Aquela ali debruçada sobre a mesa de refeições é a que vai responder, com cara de mentira, que está tudo bem para a moça a segundos de pousar a cumbuquinha de cerâmica na sua frente. Alguns minutos depois, queimará o céu da boca com o caldo quente demais para ela aguentar. Então ela dirá, ai, eu não aguento. A moça vai se sentar na outra cadeira, apanhar o caldo com a colher, soprar quase assobiando e oferecer a ela.

Aquela ali na poltrona marrom é a que vai permanecer o dia inteiro gesticulando e falando demais com aquela outra que você não vê porque não existe. Ela vai rir, gargalhar, batendo as duas mãos nas coxas e jogando a cabeça muito para trás porque a amiga que só ela vê gosta de contar histórias engraçadas. A que você não vê vai se levantar e dançar a tarantela, juntando as palmas no alto, as pernas dobradas se revezando à frente do corpo porque, se existisse, seria italiana.

Hoje é sábado. Aquele de camisa riscadinha, com os pés de ansiedade e uma caixa de chocolate, é o Heitor a instantes de se sentar na cadeira de plástico pouco confortável ali no canto. A mãe, com a língua úmida de esquecimento, não vai dizer, que bom que você veio, meu filho, porque neste final de semana ela está confusa. Não reconhece o filho que veio mesmo que ela não tenha avisado sobre a festa; naquele dia a língua pegava no céu da boca. Deve ter sido aquele gosto de cobre.

LUCÍLIA

Seu Antônio ergue a cabeça do travesseiro dois centímetros, o que seria suficiente para alcançar a mulher sentada na poltrona, caso torcesse o pescoço um tantinho para a direita. Mas ele olha o topo da janela em frente quando pergunta, a voz vidrada de sonâmbulo, "Lucília?". Depois volta a cabeça às plumas.

A mulher na poltrona se atrapalha nos pensamentos, demora um pouco para responder, não sabe que tom usar na escuridão do quarto estranho, com um senhor estranho, prestes a estranhar sua presença quando ela responder, "sou eu, a Silmara". A voz vem grave, então ela sussurra o restante, "comecei hoje, vim cuidar do senhor, lembra?".

Não. Seu Antônio não se lembra da mulher que conheceu há pouco, a malinha com cheiro de hospital nas mãos, os cabelos pulando do coque, a cara de pena e desconforto.

A malinha, o coque, a cara e tudo mais que ele vier a conhecer de Silmara serão esquecidos novamente na madrugada de amanhã para depois de amanhã e para depois de depois de amanhã e em todos os amanhãs seguintes, porque em todas as madrugadas, qualquer presença ali será Lucília.

Silmara fica observando o homem azulado pela lampadinha do abajur, a boca enrugada ainda menor do que quando o conheceu sob a luz do quarto acesa; "é esse", seu Rubens, o filho muito apressado, apresentou como quem exibe uma mobília. A boquinha cheia de vincos, menos do que agora, porque ainda tinha a dentadura, quase se abriu para perguntar, "e essa, meu filho, quem é?".

Silmara se aproxima, insiste pausadamente na informação que lhe parece importante, "é a Silmara, meu nome é Silmara", e provoca no outro um susto de fantasma. Os olhos muito pequenos a encaram, a boquinha vincada quer perguntar, "mas cadê a Lucília?", "o que você fez com ela?", "quem é você?", e quer mandar, "saia daqui", e quer berrar, "socorro", mas ele se lembra a tempo, e o susto da lembrança lhe arranca um grito de pavor.

É um grito único, breve e seco. Quando Silmara se inclina sobre ele e pede, "fica calmo, tá tudo bem", ele já não quer berrar mais nada.

Ela espia a porta atrás de si, tem medo de que seu Rubens ainda esteja na casa e apareça no quarto para saber o que aconteceu, saber o que ela fez com seu pai para ele gritar de um jeito tão assustador. Sabe que vai se atrapalhar nas palavras, vai fazer cara de mentirosa quando disser, "fiz nada não, senhor", e nem vai ser culpa do seu Rubens a desconfiança.

Mas ninguém abre a porta. Nenhum barulho vem do corredor, nenhuma luz invade o vão debaixo da porta. A casa está vazia.

Não demorará para Silmara perceber que não é importante acertar seu próprio nome durante as madrugadas azuis. Passará a mentir, "sim, sou eu, a Lucília", mesmo sem saber imitar a voz que ela nunca ouviu.

Seu Antônio se virou para o outro lado, e Silmara nem percebeu; mas agora percebe que ele geme abafado. Embora seja sua função zelar pelos seus cuidados, e isso inclui os gemidos abafados, ela se recosta na poltrona, dobra uma mão sobre a outra e respira baixo, prefere esperar que ele pegue no sono. Talvez até já seja um chiado de sonho.

O homem passa do gemido ao ronco enquanto Silmara inventa para ele uma esposa doente que morreu após meses de sofrimento em um hospital, não, em sua casa, na cama do casal, naquela cama. Silmara arrepia toda, os pelos do braço ficam eriçados. Uma Lucília muito amada quando descobriu um nódulo no seio esquerdo, retirado em uma mastectomia com promessas de solução. Depois foi a vez do direito, novas sessões de quimioterapia, nenhum cabelo restante, então ela decide morrer em casa, naquela cama.

Silmara geme.

Essa mulher antes doente agora morta é só uma suposição. E Silmara quer saber o quanto a sua Lucília se aproxima da real.

Na manhã seguinte, na mudança de turno, ela questiona Rosângela, a senhora que assume os cuidados após a sua saída. Andando pela cozinha, com uma pressa repentina, a mulher apresenta três motivos, um seguido do outro, para não dar a Silmara a informação desejada, "sou nova nessa casa, não gosto de fofoca e não sei de nada".

Silmara tentará questionar o senhor Antônio, porém, nas poucas horas que dividirão pelas manhãs, o idoso desperto e desanimado abrirá a boquinha apenas para gemer alguma dor, mordiscar o pão macio e bebericar o leite morno. Nas vezes em que cogitar fazer alguma pergunta nos minutos entre um gemido e um gole, virá à sua lembrança o grito seco, e ela perderá a coragem.

Poderia matar sua curiosidade nos brevíssimos encontros com seu Rubens, só uma vez por semana para o acerto de contas. Um filho afobado entregará o dinheiro a uma mulher que não terá muito a dizer sobre o comportamento do senhor Antônio nas sete noites anteriores; e nem poderia porque o homem com o dinheiro estará sempre com pressa e balançará muito a cabeça enquanto ela fala, o que dará a Silmara uma agonia terrível. Portanto não haverá tempo para questionar, "seu pai chama por ela todas as noites, quem é a Lucília?", e nem para, depois da explicação breve, diminuir o tom e dar os pêsames ao filho sisudo que de repente chora.

Daqui a sessenta e oito noites, Silmara passará os dedos leves e quentes na testa do senhor Antônio e o chamará de meu bem quando ele acordar com olhos de espanto, "dorme, agora dorme, meu bem", ela dirá, mesmo sem saber se era assim que Lucília o tratava.

Duas batidas ocas na porta causarão um pequeno tremor em Silmara, um vacilar de ombros de quem foi quase surpreendida à meia-noite tocando a testa com manchas de senilidade do senhor coberto até o pescoço. Será o seu Rubens?

Não. Será a neta que mora longe mas hoje está a poucos passos da cama; a mesma cara de pressa do pai, não uma pressa de ir embora, uma pressa de ficar, de chegar perto do avô, que dorme sob a luz azulada e talvez sonhe com ela; pressa de passar os dedos desajeitados e frios sobre a testa manchada. Não o chamará de meu bem porque não caberia na voz jovem que pergunta, "ele está dormindo?".

Silmara responde à pergunta óbvia com um sorriso, e se levanta da poltrona para dar lugar à moça desconhecida. Não se surpreende quando ela revela, "sou a neta dele, Lucília".

A neta que veio direto do aeroporto porque não poderia esperar mais algumas horas para encontrar o avô e pedir perdão pelo afastamento de três anos, e culpar os estudos, a distância, o trabalho e, em especial, o tempo, sempre insuficiente e apressado.

Ela se ajeita na poltrona e curva o corpo sobre o avô sonolento, que agora abre os olhinhos claros de velhice. A boca, mais vincada do que nunca, balbucia sem conseguir pronunciar o nome da neta, embora ainda seja madrugada e a luz azul ainda esteja acesa.

GRAÇA

O senhor Rogério não gosta de sair de casa, evita o contato com a rua, com as pessoas que estão pelas ruas, com as pessoas que parecem estar pelas ruas esperando por ele, pelo contato com ele. Por isso, ele evita.

É a filha, Joana — todo mundo chama de Joaninha, mas seu Rogério não chama mais porque é difícil de articular —, que insiste em tirá-lo de casa, atravessá-lo pela porta de saída com tapinhas nas costas, vamos, vamos, vamos, tentando animá-lo.

O médico, doutor Espinosa — que atende na cidade vizinha, mas faz valerem a pena o trajeto, o trânsito, a espera na sala sempre cheia —, foi quem prescreveu exercícios moderados, trinta minutos de aeróbicos, ao menos três vezes por semana. Não precisa muito, uma caminhada no parque, uma volta no quarteirão, ele disse. Para seu Rogério é muito.

Foi nesse mesmo dia do diagnóstico, da abertura do envelope com resultados esperados e, mesmo assim, inesperados, que o doutor que vale a visita falou de alguns remédios promissores, de uma tal de cirurgia estimuladora e receitou fisioterapia e fonoaudiologia, indicando nomes no papel. A fisioterapeuta não estava no plano de saúde, e Joaninha decidiu procurar uma que estivesse na pequena lista do convênio antes de verificar se a indicação do doutor também valeria, além do trajeto, do trânsito e da espera, o dinheiro a ser investido. Felizmente a que ela encontrou em sua listinha não trouxe ainda nenhum arrependimento. A fonoaudióloga sugerida não está no plano, mas não fica tão longe de sua casa e fora fortemente recomendada, não apenas pelo médico, mas pelo Google, com comentários muito elogiosos.

Além dos remédios, fonoaudiologia, fisioterapia e exercícios moderados, o doutor Espinosa prescreveu uma dieta equilibrada. Seu Rogério poderia ter sorrido quando pensou que ao menos a dieta manteria algum equilíbrio, mas naquela hora — a filha segurando os envelopes com força, os dedos até esbranquiçados e a cara muito arregalada —, ele não encontrou o bom humor.

Hoje, Joaninha aparece no quarto do pai de leggings, camiseta e tênis, diz que ele já dormiu bastante, olha lá, aponta o relógio, já são oito horas. Ela não sabe que nesta madrugada ele teve insônia, ficou acordado por horas infinitas e só conseguiu pregar um pouco os olhos, que agora ele abre com tanta falta de vontade.

Não tem desculpa, vamos, coragem, ela aumenta a voz, as mãos escorregando as cortinas.

Às vezes é mesmo a falta de coragem que quer prender seu Rogério na cama, falta de coragem para encarar as pessoas pelas ruas, as que sentem pena e as que riem porque acham graça quando ele contorce o corpo demais para um simples passo.

Além da falta de coragem e das poucas horas de sono, hoje o que lhe arranca um resmungo diante da insistência da filha é a náusea. Tenho enjoo, ele diz, e a filha lhe joga um olhar desconfiado, apesar de o doutor Espinosa ter dito em outra consulta — depois daquela dos envelopes —, que náusea era um dos sintomas que o acometeriam.

O cansaço vence a disposição para brigar, então ele a deixa ajudá-lo a se levantar e a vestir a roupa. Fica o mais imóvel possível quando ela lhe penteia os cabelos, tratando-o como criança, olha que bonito, diz, a voz com afetação infantil.

Na rua, o vizinho da casa em frente acena com a mão erguida, e apenas Joaninha retribui, não vale ao seu Rogério o sacrifício.

Um pé, o outro, muito bem, pai, a filha o elogia, depois elogia a manhã, olha como hoje está bonito, diz com entusiasmo. Ele não olha para cima, mas a sombra que projeta seu corpo na calçada confirma que o sol está lá, assim como estão a moça e a menina que caminham na mesma calçada, na sua direção. Estão um pouco distantes ainda, mas ele já as notou.

Joaninha sabe que estão lá, por um relance, não lhes deu a atenção que seu Rogério agora dedica a elas. Ele repara bem, quer discernir com antecedência se é uma criança muito pequena, daquelas que não ligam para um velho que anda torto, ou se é das mais crescidinhas, sabidas dos andares das pessoas normais, aquelas que costumam achar graça de seu desequilíbrio.

Ele nem ouve quando a filha pergunta se o sol está forte e se culpa por não ter trazido um boné ou um chapéu. Não quer saber de chapéu ou boné, nem sente o sol na cabeça, ele quer saber da menina, que parece do tipo mais perigoso porque fala demais, dá para perceber pela cabecinha que se vira o tempo todo para a mãe, balança muito o braço.

Seu Rogério quer sugerir à filha que voltem para casa, dizer que a ânsia aumentou, o que desta vez seria mentira, porém, a mãe e a criança já estão quase ali, andam rápido, ambas com saúde, disposição e equilíbrio.

A três metros dele, a menina solta a mão da mãe e vai ao seu encontro. A mulher a deixa ir, sem parecer assustada ou confusa. Seu Rogério, sim, parece assustado e confuso quando ela para na sua frente, o pescoço esticado para alcançar sua atenção.

Ele não sabe direito como olhar para ela, então não olha, se fixa na sombra dela invadindo a sua, até que a Joaninha ocorre a pergunta que todos os adultos sentem necessidade de fazer quando se deparam com uma criança desconhecida, oi, qual seu nome?, ela pergunta, mas a menina não quer dizer seu nome, não quer falar com a moça, ela quer falar com o senhor, que agora a encara, porque é difícil não encarar alguém que toca sua mão. Meu vovô também tem o braço maluco, diz, a voz infantil e doce, fazendo com que ele recobre o bom humor e sorria, mesmo um sorriso torto, meio maluco.

TESTE DE MEMÓRIA

— Maçã, mesa, moeda.[1]

— Maçã, acho que cadeira, a outra eu não lembro.

— Papel, óculos, relógio.

— Relógio.

— Sono, equilíbrio, apetite.

— Não sei. Remédio?

— Autoestima, humor, memória.

— Esqueci todas, pode me falar de novo?

— Onde deixou a chave?

— Qual?

— Você se lembra dessa pessoa?

— Quem?

— Quais são as três palavras?

— Moça, eu não sei o que está acontecendo.

---

1. **Maçã, mesa, moeda** – traduzido e adaptado por mim do inglês *apple*, *table*, *penny* – são as três palavras comumente utilizadas no teste de cognição, para identificar possíveis sinais de demência. O profissional da saúde apresenta as três palavras e pede que o paciente as memorize, anunciando que pedirá que ele as repita dali a poucos minutos.

MENTIRINHAS

A mãe de dona Odete faleceu faz vinte anos, de Alzheimer, era um domingo normal que de repente ficou triste. Todos faltaram à missa das seis, mas rezaram muito até o dia virar outro dia, uma segunda-feira que já amanheceu triste, com o caixão rumando para o cemitério da cidade.

Hoje, dona Odete se levanta do sofá, as sobrancelhas arqueadas, os olhos de procura.

— Onde está a minha mãe?, pergunta à filha, Catarina, que entra na sala, uma caneca de chá em cada mão.

— Sua mãe? Ela está na casa dela, descansando. Agora toma seu chazinho.

— Vamos lá então, vamos lá que eu preciso muito falar com ela, perguntar onde ela guardou aquelas fotografias.

— Já é tarde, mãe, ela deve estar dormindo, amanhã a gente vai.

Não foram.

Na casa onde moram dona Odete e Catarina não há animais de estimação, não tem gato a subir nas mesas, cachorro a latir de fome, papagaio a repetir palavras, passarinhos aprisionados em gaiolas, nada. Para dona Odete, hoje tem.

— De quem é essa calopsita aí na beira do sofá? Ela tá me olhando, quer bicar a minha orelha, tenho certeza. Daqui a pouco vai se pendurar aqui na cortina, olha, olha, olha.

— Essa calopsita é da Patrícia, mãe, daqui a pouco ela vem buscar. Deixa a bichinha quieta que ela não te bica.

Não bicou.

Dona Odete toma banho todos os dias no final da tarde para depois colocar seu pijama e dormir cheirosa e limpinha. Na maioria das vezes ela aceita sem reclamar porque a filha a lava com carinho, passando um pano úmido no rosto para evitar que a água batendo direto nos olhos e no nariz a atormente.

É a hora do banho, Catarina vai até o quarto da mãe e a encontra sentada na poltrona, penteando a boneca que hoje ela chama de Aninha.

— Vamos tomar banho, mãe? Vem.

— Que banho que nada, eu já tomei. Esqueceu, é?

— Não, a senhora não tomou ainda, foi ontem. Vem.

— Mas eu não quero, não preciso.

— A senhora não quer ficar limpinha e cheirosa pra quando o Daniel chegar?

Não chegou.

Tem dias em que dona Odete acorda muito irritada, não quer conversar, não quer perguntar da mãe, não quer ver calopsitas escalando cortinas, não quer pentear a boneca que ela já não trata por Aninha, não quer tomar banho, mesmo que seja dado com carinho e que tenha visita marcada para encontrá-la cheirosa. Grita, xinga, faz cara feia, bate portas, muda objetos de lugar, joga coisas no chão.

Hoje é um desses dias.

Elas não iniciam um diálogo com pedidos sem sentido e respostas sem verdade. Dona Odete já deixou claro, ela não está para conversa. Então Catarina começa a cantar músicas do Roberto Carlos, o preferido da mãe, que no começo se esquiva, coloca as mãos nos ouvidos, continua brava, andando pela casa, a cara muito fechada, a boca muito suja.

Catarina insiste, agarra as mãos enrugadas e frágeis, canta uma música alegre, balança os braços no ar e a convida para uma dança.

Dançam.

MOCINHA

A mãe falou que eu sou uma mocinha porque essa noite não fiz xixi no pijama. A cama acordou sequinha e limpa, só com o cheiro dos outros dias porque não adianta limpar e colocar no sol que o cheiro não sai, agora só quando comprar outra, o papai disse, mas só quando eu não fizer mais xixi na cama de verdade. Hoje foi de verdade.

Acho que eu cresci bem mesmo de ontem pra hoje porque a vó me viu entrar na cozinha e perguntou quem eu era, com a cara assustada. Não sei se ela gostou muito de me ver assim mocinha de repente porque ela me olhava meio brava e repetia quem é você?, quem é essa menina? Eu falei sou eu vó, a Priscila, só que maior.

Depois o Cadu entrou na cozinha também e a vó perguntou quem é esse menino?, e eu não entendi muito bem, porque o Cadu nem faz mais xixi na cama faz tempo, e eu nem acho que ele cresceu de ontem pra hoje.

O pai entrou na cozinha e a vó não perguntou quem ele era, mas acho que ela também já não gosta muito dele porque fez que não entendeu quando ele perguntou duas vezes se ela queria pão.

Pão, a senhora quer pão?, o pai repetiu mais uma vez, mexendo bem a boca, falando mais alto, mais devagar, mas a vó continuou fingindo que não estava entendendo nada.

O Cadu chamou ela de maluca, e a mãe entrou na cozinha bem na hora e disse fica quieto, sua avó está doente, e a vó perguntou eu tô doente?, com a cara mais triste que brava. O pai reclamou, ela vai ter que ficar aqui com a gente, já vi tudo, e eu não entendi o que ele já tinha visto.

Pai eu não fiz xixi na cama hoje, eu quis falar, mas não deu tempo porque ele saiu rápido e nem comeu nada que tinha na mesa.

Fui ficando com vontade de fazer xixi, acho que era o xixi guardado que eu não fiz na cama.

A mãe deu o pão pra vó mesmo sem ela responder que queria, aí o Cadu gritou fez xixi na calça e eu senti o quentinho escorrendo pela minha perna, mas a mãe foi ver se a vó estava molhada, deixa eu ver se a senhora fez xixi. Só depois que me viu chorando veio pegar na minha mão, tudo bem, filha, acontece.

Antes de sair para me lavar, vi que a vó não parecia mais brava, deu até uma risadinha pra mim. Acho que ela me reconheceu agora que não sou mais mocinha.

MEXIDOS

Filho, acorda, tá na hora.

Nando espia o relógio. 00h14. Enfia a cara no travesseiro com cheiro de cabeça e baba, depois se vira para seu Júlio, que ele mal consegue enxergar, e finge um espanto desanimado, nossa, já?

Vou fazer ovos mexidos, levanta e vem fazer o café, pede ao filho que não quer se levantar, não quer ovos mexidos, não gosta de ovos, mas o pai não se lembra, assim como não se lembra que deitaram faz pouco mais de uma hora e que é cedo demais para preparar o desjejum.

Nando prefere fingir que são sete horas e se espantar, nossa, já?, porque quando ele escolhe ser sincero, porra, velho, ainda é de madrugada!, a cara do pai fica séria, ele repara na escuridão e se lembra. Então, apenas diz, em um resmungo sonolento, não precisa do ovo, só o pão tá bom, porém, o pai insiste, que nada, rapaz, você está em fase de crescimento, precisa se alimentar direito.

Nando descobre do lençol o corpo crescido de quarenta anos, levanta rápido, cambaleia, se atrapalha nos chinelos, deixa que eu faço, melhor o senhor não mexer no fogo, avisa, porque na última vez em que o pai resolveu fritar mandioca às três da tarde, quase incendiou a casa.

Seu Júlio para a meio caminho da porta. O filho se arrepende, prevê uma cara triste e consciente se virando para ele; talvez haja tempo de forçar um sorriso e mentir, é que eu gosto de fazer ovo mexido. Mas o pai abana a mão na frente do rosto e retoma o andar arrastado, não é trabalho nenhum, faço rapidinho.

Chegam à cozinha juntos, Nando se apressa para pegar os ovos, enquanto o pai apanha a frigideira e a coloca sobre a boca do fogão. Na próxima vez, talvez amanhã, Nando se apressará para pegar a frigideira. Na seguinte, talvez depois de amanhã, precisará se apressar para assumir o fogão.

Faz o café, filho, não vamos comer ovos a seco, pede, despejando quase um litro de óleo na frigideira.

A chama está apagada, Nando prefere que fique assim, então não alerta o pai quando ele mergulha dois ovos no óleo frio. Pensa em perguntar, não eram mexidos?, mas tem receio de que ele resolva batê-los ali mesmo com a escumadeira que agora maneja para banhar as gemas que nunca embranquecerão.

Seu Júlio começa a assobiar uma música antiga que o filho reconhece de sua infância. Gal Costa cantando no rádio do fusca azul, rumo à casa de praia do tio, a pressa de chegar, o bolo cortado em quadrados, a mãe no passageiro, mais dormindo do que acordada.

O pai interrompe o assobio, filho, sua mãe não vai tomar café com a gente? Nando não sabe o que responder, enfia a colher cheia de pó no coador e encara as gemas amarelas demais boiando.

Vai lá ver se ela acordou, seu Júlio pede, balançando a escumadeira, o óleo pingando no chão.

O filho olha para o corredor, pensa em ir até o quarto, fingir ver uma mãe muito sonolenta que afirma não ter fome e que lhe pede para fechar a porta. Nessa hora, o pai apoia a escumadeira na boca menor do fogão, deixa que eu vou, cuida dos ovos, passa pelo filho, os passos quase apressados.

Nando não sabe como reagir. Prevê um pai prestes a entrar em um quarto vazio e constatar que é cedo demais para preparar o café da manhã e tarde demais para não se lembrar.

DADOS

Dados da Organização Mundial de Saúde mostram que aproximadamente 1% da população mundial com idade superior a 65 anos possui a doença de Parkinson. Estima-se que no Brasil sejam 200 mil pessoas.

O senhor Francisco é uma delas.

Dentre os sintomas mais comuns dessa doença neurológica estão a rigidez muscular e a lentidão nos movimentos.

Por isso, todas as manhãs, o senhor Francisco se apronta sem pressa, às vezes conta com a ajuda da esposa, dona Mirtes, para se erguer e dar os primeiros passos. Ele evita qualquer barulho para que ela não largue as panelas correndo para dar-lhe o braço forte e garantir, pode apoiar, meu velho, comigo você tá seguro. Ele sabe que ela é forte, que pode confiar, mas não quer ser totalmente dependente dela. Então vai ficando pronto com vagar, escolhe os chinelos de enfiar porque tem dificuldade em calçar sapatos, evita as camisas porque se atrapalha com os botões. E chega na cozinha para encontrá-la no preparo do almoço ou dobrando algumas roupas na mesa.

Outro sintoma que pode acometer os pacientes com Parkinson é a incontinência urinária.

Por isso, quando estava na festinha da neta em um buffet caro no centro da cidade, com sapato difícil de calçar e camisa complicada de abotoar, o senhor Francisco chamou a atenção de uma convidada que apontou e disse, ele está todo molhado, que cheiro, que horror, e a filha precisou se desculpar e olhar para a mãe como se a culpa fosse dela por não ter previsto aquele desastre. Apesar dos pés inchados, dona Mirtes se levantou, mas a filha quis assumir, deixa que eu vou, a senhora está cansada, olha esse inchaço, e foi ajudar o pai constrangido a caminhar até o banheiro para tentar limpar aquela calça que não tinha como limpar, pensando que devia ter colocado uma fralda nele, que a mãe podia ter colocado uma fralda nele, procurando uma calça limpa onde certamente não havia calça nenhuma. Então ela deixou o pai sentado no vaso sanitário e saiu procurando o marido que sempre tem uma solução para ver se ele tinha uma solução para um pai com uma calça que é impossível de limpar no banheiro do buffet caro no centro da cidade. O marido se ofereceu para levar ele e dona Mirtes em casa, o que foi uma solução para ele também porque a festa estava chata e o barulho das crianças gritando e da música alta estava insuportável.

Depois desse dia, nunca mais o senhor Francisco saiu de casa sem fraldas e nunca mais o genro saiu mais cedo de uma festinha infantil.

Um sintoma bastante comum são os tremores.

Por isso, o senhor Francisco quebrou aquele copo azul na casa da filha, e a netinha quase se cortou ao se agachar para catar os cacos, questionando se ele estava com medo de alguma coisa pra tremer tanto daquele jeito. A filha chegou na cozinha a tempo de impedir qualquer tragédia porque ouviu o barulho de vidro quebrando e se apressou a entrar na cozinha e gritar, deixa isso aí, é perigoso, na direção da menina na iminência da primeira lição sobre Parkinson e sobre como cacos de vidro podem cortar profundamente.

Algumas pessoas com a doença podem apresentar alucinação, delírio e paranoia.

Por isso, o senhor Francisco às vezes vê um gato inexistente pela casa, conversa com ele, o chama de gatuno e jura que o coitado está na frente da geladeira com cara de fome, suplicando por qualquer pedaço de atum ou gole de leite. Para acalmar o marido, dona Mirtes coloca um pouco de leite em um pote de sobremesa e o deixa perto da pia para o gato ilusório. Mas nem sempre as alucinações envolvem bichanos famintos, às vezes elas envolvem adultos e acusações seríssimas. Por isso, Elen, moça atenciosa e trabalhadeira, desistiu de faxinar a casa do casal depois que o senhor Francisco gritou com ela, ofendeu, xingou, acusando-a de ter roubado o dinheiro que ele jurava ter guardado por anos debaixo do colchão. Dona Mirtes tentou explicar, pediu mil desculpas, mas, assim como um caco de vidro de um copo quebrado, aquelas palavras a feriram profundamente.

A doença de Parkinson não tem cura e, segundo dados da OMS, pacientes vivem entre 10 a 20 anos após o diagnóstico. Por isso, hoje, quando dona Mirtes e a filha comentam sobre o senhor Francisco já estar com 85 anos e em seu 17º ano com a doença, a filha olha para o relógio e chora.

CUIDADO

— Pai, escuta, pai. Senta aqui.

— Não fala comigo desse jeito.

— Que jeito? Eu só quero que o senhor me escute.

— Você me trata feito um tonto.

— Não trato, pai, é que o senhor não me escuta.

— Só você sabe das coisas, eu sou um tonto.

— Eu não falei isso, o senhor é que tá falando.

— Tá vendo? Concordou.

— Pai, a gente precisa conversar. O senhor precisa me escutar.

— Não gosto quando fala assim, não sou criança. Eu escuto, você é que não me escuta.

— É que o senhor não quer aceitar.

— De novo com isso? Não é questão de aceitar.

— O senhor precisa aceitar que a mãe tá doente, pai.

— Eu já falei que não é doença o que ela tem. Ela só anda meio esquecida. É normal ficar assim meio atrapalhada com a idade.

— Não é normal, não, pai.

— A gente tá velho, filha. Você é que tem que aceitar isso.

— O senhor acha que é normal ela não saber quem é a Vanessa?

— Como assim, não saber quem é a Vanessa? Ela só trocou os nomes. Eu troco os nomes das pessoas também. Só você é a sabida.

— Pai, não é isso, presta atenção. Olha pra mim, para de balançar a perna.

— É sempre assim, presta atenção, me escuta, para de fazer isso, faz aquilo. Velho nunca sabe de nada. Mas você vai envelhecer também.

— Ontem encontrei ela chorando no quintal, perguntei o que era e ela disse que não sabia voltar pra casa. Aqui no quintal, pai.

— Ela estava confusa, tinha acabado de acordar. Velho é assim, se confunde. Tem que ter paciência.

— Outro dia fomos na casa da Fran e ela perguntou onde a gente estava.

— A Fran mandou pintar a fachada. Você reparou? Foi por isso que ela se confundiu.

— A gente estava dentro da casa, pai, já estávamos na sala, a Fran vindo com o café na bandeja, eu com medo da Fran ouvir e ficar chateada.

— A Fran tá sempre meio chateada mesmo.

— Pai, eu preciso colocar alguém aqui pra ajudar vocês.

— Lá vem você com essa besteira. Somos dois tontos agora?

— É só uma ajudante.

— Uma estranha pra ficar vigiando a gente aqui, isso sim.

— A mãe, pai, a mãe precisa de ajuda.

— E eu não sirvo pra nada?

— Volta aqui, pai, senta.

— Tô indo espiar se ela acordou.

— Não abre a porta, deixa ela dormir.

— Ela que durma mesmo pra não ter que te ouvir falando essa besteira de novo. Ela não é tonta, não, já sabe que você acha que ela tá louca.

— Ninguém falou em loucura, pai. Ela tá doente.

— Você é que precisa parar de falar essas coisas de doença, porque ela chora. Você viu como ela chora, filha? Vira e mexe, ela chora. Eu pergunto se fiz alguma coisa errada, mas ela fala que não sabe por que tá chorando. É triste, filha.

— Chorar é o de menos, ela esquece o fogão aceso, imagina que perigo o fogão aceso.

— Eu apago. Se ela esquecer, pode deixar que logo apago.

— Mas nem sempre o senhor vê.

— Porque sou um tonto mesmo. Vai ver estou doente também.

— O senhor acha mesmo normal ela ficar repetindo as coisas, fazer sempre as mesmas perguntas, se esquecer das pessoas, não saber mais onde guarda os pratos, ficar irritada à toa. O senhor reparou como ela anda nervosa?

— Lógico, você não para de falar de doença.

— Dá aqui a sua mão, pai, olha pra mim. Não fica bravo, só quero o melhor pra vocês.

— Pode ficar tranquila, filha, que eu sei muito bem cuidar dela. Faz cinquenta anos que eu cuido das coisinhas dela, tenho a memória da sua mãe aqui na minha cabeça, sei o que ela gosta de comer, sei de todas as cidades onde ela foi, dos filmes que ela mais gosta, das músicas, se ela esquecer eu conto pra ela. Tá vendo, você é igualzinha a ela, já tá chorando.

CHUVA LEVE I

Osvaldo acordou disposto, abriu a janela. O sol já despontava, os passarinhos piavam doce.

Na cozinha, Aurora preparava o café com aroma de conforto, duas fatias de pão pularam da torradeira assim que Osvaldo sentou-se à mesa. Passa a manteiga, ele pediu à esposa, que prontamente desenroscou os dedos da xícara para atender ao pedido do marido.

Um gole no café com leite, uma mordiscada no pão. Falaram sobre o tempo; não sobre quantos dias faltavam para o final do ano ou quanto ainda haveriam de viver, mas do tempo que bronzeia a pele, do vento que chacoalha as folhas, da brisa leve no fim da tarde a lhes exigir um casaquinho.

Sol, vinte e cinco graus pela manhã, o homem do noticiário garantiu. Ao entardecer, um ventinho fresco, que se intensificaria e traria algumas nuvens. À noite, promessa de chuva leve. De noite a gente toma um chá quente, planejou, Aurora, antes de deixar a mesa.

Ela foi para a pia lavar a pouca louça do desjejum, ele rumou em busca do jornal deixado no quintal quando o dia ainda era madrugada.

Ao abrir a porta, Osvaldo decidiu dar uns passos para fora da casa, caminhar pelo jardim, contemplar os pássaros nas árvores, as plantas na terra, sentir na pele o sol de vinte e cinco graus prometido pelo homem da televisão. O jornal enfiado em um plástico fino e rosado foi levemente chutado pelos pés distraídos de Osvaldo.

Quando chegou perto do portão de ferro, ainda disposto e de pijamas, resolveu avançar para além de sua propriedade, desejou contemplar as pessoas pelas ruas, os jovens com suas mochilas em direção ao ponto de ônibus, homens na padaria, carros apressados com crianças nos bancos traseiros, a escola barulhenta, a farmácia vazia.

Cansado de tanto caminhar e já ciente de que havia se esquecido de tirar o pijama, Osvaldo sentou-se no banco de uma praça. Apalpou os botões da blusa, fechou o último, alisou as calças. Os passarinhos foram até ele com seus piados estridentes, aves maiores se acercaram, barulhentas. O vento chacoalhou as copas das árvores e lhe pareceram tão longas, árvores imensas que balançavam muito. Folhas se desprenderam e uma atingiu Osvaldo no rosto.

O frescor gelou a tarde, e ele começou a sentir falta de um casaquinho, a sentir falta da esposa, a sentir falta de casa. Mas onde fica a casa?, se perguntou, já em pé, a praça deserta, o céu já nublado. Onde fica a casa?

Osvaldo sentiu chegar aos olhos um choro de criança. Decidiu naquele instante caminhar para a direita, embora sem a certeza de ser a direção justa. Talvez fosse para a esquerda.

Já chovia quando o carro da polícia encostou ao seu lado, trazendo Aurora no banco traseiro. A viatura mal liberou a porta e ela se colocou na calçada, os braços estendidos na direção do marido, o que aconteceu, por que você saiu sem me avisar?

Osvaldo recebeu as mãos macias e frias de Aurora em seu rosto, agora preocupado com a resposta correta, não sei, não sei.

CHUVA LEVE II

Eu preparava o café com a atenção no corredor, espiando a porta do banheiro, o ouvido alerta. Quando o Osvaldo apertou a descarga, meti duas fatias de pão na torradeira.

Chegou com a cara boa, parecia o mesmo de sempre, disse bom dia, respondi, e esperei que se sentasse. Eu tomava fôlego para tocar no assunto quando ele pediu a manteiga, roubando toda a minha coragem.

Era um gole no café com leite e uma mordida no pão, e eu esperando a brecha para perguntar se ele estava se sentindo melhor, ter certeza de que ele se lembrava de ter ficado mudo e com os olhos parados na frente da televisão desligada, por um tempo interminável enquanto eu falava com ele, cutucava seu braço, chacoalhava seu ombro, até ouvir uma resposta incerta de que estava bem. Estava?

Enquanto a coragem não vinha, fomos falando da previsão do tempo, o homem do repórter disse que faria sol, acima de vinte graus, vento, chuva, enfim, um daqueles dias em que o tempo se perde.

A carinha dele boa, e eu fui me sentindo mais tranquila, imaginando uma noite normal, até combinei um chazinho quente para mais tarde depois que o homem do tempo falou alguma coisa sobre esfriar de noite.

Lavava a louça mais sossegada, achando até graça do meu exagero. Vai ver dormiu de olho aberto, ele só está um pouco cansado de não fazer nada, a aposentadoria o envelheceu demais, pensei.

Terminei a louça, guardei o resto das coisas que estavam na mesa, peguei o frango e temperei para o almoço, fui guardar na geladeira e vi os legumes, achei melhor já picar. Se fizesse tudo na parte da manhã, de tarde poderia ficar lendo ao lado do Osvaldo, prestar atenção nele. Depois escolhi o feijão e o coloquei de molho, limpei a pia e passei pano na cozinha.

Fui para o quarto pegar a roupa de cama e os pijamas para lavar, não encontrei o do Osvaldo. Queria que ele tirasse o pijama para eu lavar, chamei, gritei, mas ele não respondeu nem apareceu no quarto, espiei na sala, onde achava que ele estaria lendo seu jornal ou vendo televisão, também não estava, olhei o banheiro aberto, sabia que ali também não estava. Mas onde?

Fui até o telefone para ligar no nosso celular, que tocou na mesinha de centro assim que o fixo chamou.

Saí no jardim, chamando, Osvaldo, Osvaldo, onde você está? Nada. Meu Deus do céu, o Osvaldo sumiu.

O vento gelava minha espinha, já estava ficando nublado, meu Deus do céu, onde está o Osvaldo? Peguei minha bolsa, o celular e fui para a rua, ele não poderia estar muito longe. Ou poderia? Passei pela escola cheia de crianças gritando, era hora do recreio, os gritos me confundiam mais, a padaria, a farmácia, Osvaldo, cadê você?

Andava correndo, perguntava às pessoas se tinham visto um senhor, depois perguntei por um velho, depois ele parecia um velhinho muito velho na minha lembrança.

O vento aumentou, e eu o imaginei sentindo frio, muito frio, um velhinho sentindo muito frio. Fazia tempo que eu andava, não sei quanto, mas eu estava cansada, não conseguia continuar, precisava de ajuda.

Já sentia os primeiros pingos quando vi uma viatura estacionada mais adiante. Fui até o policial, expliquei a situação e ele me pediu calma e que eu entrasse no carro, faríamos uma varredura na região. Varredura? Sentei no banco traseiro, os olhos grudados no vidro todo cheio de chuva, quis chorar. É ele, é ele, gritei, batendo a mão no banco dianteiro. Osvaldo estava na calçada, os braços cruzados, encolhido de frio. Meu Deus, que alívio. Fui até ele, passei a mão no seu rosto envelhecido, enxuguei a água, e ao invés de dizer que o amava, que estava feliz por ele estar a salvo, que podíamos ir pra casa tomar aquele chá quentinho perguntei por que ele tinha saído sem me avisar. No fundo eu sabia que ele não tinha a resposta.

PERDAS

Quando ouve da boca do médico, sério demais para um diagnóstico tão duro, "a dona Olga tem Alzheimer", seu Ângelo pensa logo no que a esposa vai perder.

A memória, ele pensa, ela vai se esquecer de tudo, primeiro a chave em cima da mesa, o anel sobre a pia, o que comeu no almoço, qual o dia da semana, como faz para chegar à padaria, qual a sua idade, o nome do cachorro, quem é aquele homem tão solícito que a olha com amor e pena e ela nem sabe quem é.

Vai perder a aptidão para tocar o piano que ele limpa toda semana, passando uma flanela seca no tampo para tirar a poeira. Vai perder a capacidade de fazer cálculos simples de cabeça quando o peixeiro lhe der o troco errado, de cuidar das plantas que às vezes secam antes da hora.

Ele pensa nas oportunidades que ela vai perder, de viajar com a família que nem sempre tem dinheiro para viajar, mas às vezes acontece; de conhecer pessoas porque o mundo está cheio delas; de aprender uma nova língua ou ao menos algumas palavras ao assistir um documentário norueguês na internet; de ler os livros tão bem organizados na estante da sala, e ele nem sabe quais ela leu porque estão separados por ordem alfabética.

O médico estende a eles o envelope com os exames, é hora de irem embora com todas as coisas a serem perdidas. Ele tem pressa, não quer perder tempo com a paciente que não tem mais jeito.

Seu Ângelo se vira para a esposa para ajudá-la a se levantar, como se naquela consulta breve ela já tivesse perdido a coordenação motora. Mas ela não quer ajuda, se levanta sozinha, a cara fechada; e ele se lembra que em breve ela perderá a alegria de viver — embora não se seja feliz todos os dias — a vontade de se levantar da cama, a chave, a fome, o cachorro, o caminho para a padaria, a pulseira, os brincos, o sono.

Quando o doutor lhe estende a mão para um aperto frouxo, seu Ângelo se atrapalha, diz, "sinto muito", não encontra outras palavras, parece que a mulher doente, já na porta de saída, é culpa sua.

Em casa, Rony os recebe com o rabo abanando, e seu Ângelo tem pena dele. Logo será esquecido, e ele precisará dar-lhe atenção dobrada, chamá-lo pelo nome repetidas vezes para mostrar que é amado e que alguém naquela casa ainda se lembra desse nome que nem combina com ele.

Seu Ângelo tranca a porta, duas voltas, não pode mais confiar em apenas uma. Precisa esconder aquela chave antes que a esposa a perca ou, pior, que saia sozinha e se perca pela rua no caminho que desconhece para chegar à padaria. Talvez devesse colocar o endereço de casa nos bolsos das roupas dela, na bolsa, para o caso de ela sair sem que ele perceba.

Não sabe onde esconder a chave, talvez no vasinho de porcelana, no fundo de alguma gaveta, dentro de um sapato velho. Enfia atrás do vaso de folhagens meio secas, passa as mãos na calça, assobia, espia em volta, mesmo sabendo que Olga subiu para o quarto.

Vai para a cozinha fingir que está tudo bem. Não sabe o que fazer para o jantar, cogita perguntar à esposa, porém imagina que ela já nem saiba mais do que sente vontade, talvez nem sinta vontade de mais nada, coitada. Prepara um cozido porque gosta de organizar as ideias enquanto maneja a faca. Então corta o acém em cubos bem pequenininhos, e talvez ela ralhe com ele achando que já duvida de sua capacidade para mastigar a carne.

Quase tudo pronto, deixa as panelas e vai vigiar a esposa no banho, espia de quando em quando pela fresta da porta, não sabe se uma mulher com Alzheimer precisa de ajuda, se a água quente na cabeça desorienta ou se os pés perdem a firmeza no piso molhado. Ela pode se esquecer de desligar o chuveiro.

Depois da janta, na cama, ela se vira de lado e se esquece de dizer boa noite para o marido que não sabe se vai conseguir dormir com tanta coisa para pensar, tantas perdas a calcular.

Uma mulher dormindo feito criança, ele observa, tem pena dela. Ouviu na televisão outro dia que, quando a pessoa perde a memória, ela não é mais nada; "quem somos nós sem nossas lembranças?", a mulher muito elegante perguntou para a câmera. Seu Ângelo analisa as costas curvadas da esposa, ela lhe parece menor agora. Meu Deus, ela pode desaparecer de um dia para o outro. Talvez amanhã acorde e já nem saiba mais o próprio nome.

Ele desperta atarefado, tem uma mulher com Alzheimer em casa, precisa se apressar, ir até a padaria antes que ela acorde, ou talvez fosse melhor esperar ela acordar, avisar que vai até a padaria, mandar que fique na sala esperando por ele, não mexa em nada, eu volto logo. Decide pela primeira opção, a esposa ronca, não deve acordar tão cedo. Mesmo assim, ele sussurra em seu ouvido a ida à padaria.

Quando chega à porta, seu Ângelo não encontra a chave, pensa logo na esposa, deve ter perdido a chave, onde será que ela colocou, meu Deus?, por que ela tirou a chave da fechadura? Talvez seja melhor chamá-la, "tente se lembrar onde você deixou a chave, meu bem", vai pedir, com firmeza, sem assustar, evitando que ela pense que ele a acusa de alguma coisa. Provavelmente já está mais sensível, talvez até chore.

Rony aparece, quer sair também, raspa as patinhas na porta, seu Ângelo pede que espere, "calma, estamos presos, trancafiados", e sai, pensativo, em direção à escada. Rony o segue.

Prestes a pisar o primeiro degrau, ele se lembra, dá um leve tapa na testa e sussurra, se voltando para o cão, "fui eu que escondi a chave quando chegamos do médico, fui eu, fui eu". Rony late, ele pede silêncio. Precisa encontrar antes que dona Olga acorde. Volta à entrada da casa e fica a olhar as paredes, "fui eu, mas onde?".

NÃO IMPORTA

Nós já não sabemos mais quem é a senhora sentada naquela poltrona, sozinha, olhando o horizonte que é uma parede verde suja com um quadro de paisagem torto.

Você percebeu que ele está caído para a direita?

Não importa.

Faz algum tempo que ela também não sabe mais quem somos nós, por isso já não mantemos mais as visitas semanais desde a primeira semana. Faz um ano que voltamos a cada dois meses, porque quando ela pergunta quem somos nós, fica uma sensação amarga de falta mesmo tendo vindo. Então vir parou de fazer sentido.

Você acha que de dois em dois meses faz sentido?

Não importa.

Há tempos ela já não é ela. Um pouco menos a cada vez que a vemos, sem olhar demais ou de muito perto porque ela não gosta de se sentir observada. O que vocês estão olhando?, ela pergunta.

Você está olhando pra ela agora?

Não importa.

Isso de perguntar com grosseria, cuspindo, a cara bem fechada é coisa recente. Percebemos que ela tem ficado brava com mais facilidade conforme o tempo passa, o que a deixa muito distante da senhora que conhecíamos.

Ela cuspiu em você hoje?

Não importa.

Nossos encontros, mesmo bimestrais, acabam ficando repetitivos, porque ela repete sempre as mesmas histórias, faz sempre as mesmas perguntas. É meio irritante ficar repetindo as mesmas respostas, e com certeza ela também se sente enjoada e cansada dessa repetição.

Você acha que eu tenho me repetido?

Outra coisa que achamos irritante é as pessoas a chamarem de bonitinha, ajeitando sua roupa ou seu cabelo, sempre sorrindo. Soa falso. Nós, não, não temos intimidade para tocar nos seus cabelos, na sua roupa ou chamá-la no diminutivo, como se fosse um bebê ou uma tonta. Ela nem gostaria disso.

Você acha que ela gostaria?

Não importa.

Olhando daqui, dá para perceber o quanto ela está cansada. Antes ela ficava na cozinha por horas preparando o jantar, fazia compras, limpava a casa, cuidava do jardim, caminhava, ajudava na igreja. Mas nunca parecia cansada. Agora ela fica nessa vida boa, com tempo para perder dez minutos olhando a parede verde suja e o quadro torto. E parece esgotada.

Só faz mesmo dez minutos que a gente está aqui?

Olha aí no relógio, acho que já deu uma meia hora, talvez devêssemos ir embora.

Já decidimos que não nos despedimos mais dela porque ela pode querer fazer perguntas repetidas, exigir ser chamada de bonitinha, perguntar o que estamos olhando tão de perto, pode pedir para explicarmos quem somos, quem ela é e isso vai acabar atrasando a nossa ida. Se demorarmos para sair, vou demorar mais para querer voltar, eu me conheço.

Você se conhece?

Não importa.

Ela percebeu que estamos saindo, tá chamando, olha lá, essa é outra coisa que ela nunca faria. Ela nunca chamaria assim um homem desconhecido, com um sorriso e um aceno. Por isso eu não vou.

Ela nos conhece?

Vamos embora.

Não importa.

A ENTREVISTA

A entrevista era em um sobrado bege a três quadras da minha casa. E por ser tão fácil chegar, acabou sendo difícil, porque decidi ir a pé, e justamente naquele dia a chuva desabou quando eu estava no meio do caminho. E porque choveu, eu corri, e porque eu corri, cheguei esbaforida. Parte da respiração ofegante foi pela ansiedade e vergonha de chegar toda desfeita.

Toquei a campainha pensando em desistir, explicar pelo interfone mesmo que eu tinha ido conforme o combinado, porém, voltaria outro dia. Mas a mulher, que depois soube ser a Violeta, justamente naquele dia, porque o interfone estava quebrado, abriu logo a porta e deu comigo, ensopada e ofegante.

Eu me preparei para explicar o desnecessário, que se tornou realmente desnecessário, porque Violeta não pareceu se importar, pediu que eu entrasse e foi avisando que pegaria uma toalha para eu me secar.

Esperei até ela reaparecer, uma toalha branca felpuda nas mãos, vem, mocinha, se enxuga para não pegar um resfriado. Apanhei a toalha, e ela apontou o lavabo, meu nome é Violeta, se precisar de qualquer coisa, me chama. E foi ali que eu comecei a gostar dela.

Dei um jeito no cabelo, a roupa não tinha jeito. Enxuguei os braços e o pescoço, tentando prever como seria o tal senhor Andrade que analisaria se eu era a pessoa certa para a cuidar da sua mãe, pai ou esposa, eu ainda não sabia.

Desde que havia resolvido ir para a entrevista, ainda a três quadras dali, sentada no meu sofazinho recém-comprado em doze prestações, eu já supunha que uma mulher com vinte anos não era o perfil ideal para auxiliar uma pessoa com Parkinson. Uma mulher com vinte anos, nervosa e molhada porque saiu de casa desprevenida estaria ainda mais distante do perfil ideal. Olhei no espelho e confessei a mim mesma que eu não tinha nenhuma experiência com pacientes com aquela doença, e isso, sim, justamente isso me colocava muito, muito distante desse perfil.

Abri a porta do lavabo com a toalha e a decisão de ir embora, mas nem sinal da Violeta.

Caminhei até a sala e me deparei com um senhor em pé, bem alto, o corpo meio curvado, segurando uma bengala que devia ajudá-lo a sustentar aquele tamanho todo. Só podia ser o senhor Andrade. E era, soube assim que se apresentou e quis confirmar se eu era a Denise. Pediu que me sentasse, apontando o sofá, onde me sentei, com vergonha de molhar o estofado tão clarinho.

Ele, que estava sequíssimo, não se sentou, permaneceu ali na minha frente, gesticulando com a mão livre enquanto explicava com a voz macia que o trabalho não seria muito pesado, que bastava um pouco de jeito e boa vontade. Fui imaginando o quanto faltava para ele perguntar sobre minhas referências e me dispensar.

Então ele me encarou lá de cima e perguntou, você está familiarizada com os sintomas do Parkinson? Familiarizada? Lembrei da minha família, do quanto minha mãe tinha orgulho de mim por ter me tornado uma cuidadora. Para ela não havia nada melhor do que cuidar.

Ele me olhava, mexia um pouco a boca, parecia que ia falar algo, mas não falava. Era como se esperasse eu terminar de pensar na minha mãe para repetir sua pergunta. Não repetiu.

Eu me esforcei para lembrar dos sintomas que estavam descritos no livro que emprestei da biblioteca, e li com desatenção na noite anterior antes de pegar no sono que chegou cedo demais.

Tremedeira, esse nem precisei me lembrar, todos sabem. Fiz um esforço e me veio a mudança de humor. Insônia, se eu tivesse insônia teria lido melhor e me lembraria mais, porém, eu não tenho insônia, e justamente por isso eu não sabia de mais nada.

Meu pescoço começou a doer. O homem, que já era bem mais alto do que eu, em pé ali na minha frente era altíssimo. Baixei a cabeça, olhei para a toalha felpuda e molhada no meu colo, então ouvi a voz de Violeta. Ergui a cabeça e a vi com um copo de água e alguns comprimidos, que estendeu a ele, hora dos remédios, quer ajuda pra se sentar?, perguntou.

Deu para perceber o leve tremelicar na mão que segurava a bengala quando ele afastou um pouco o corpo, pode deixar que ela me ajuda, disse com os olhos de volta em mim. Justamente nessa hora, eu soube.

INCURÁVEL

A tia da mamãe, do meu lado no sofá, pegou na minha mão, deu duas batidinhas; olhava para o chão quando começou a falar do tio Humberto como quem conta uma história começada.

— Tinha dia que ele estava bem, falava, conversava. No outro, ficava quieto, emudecia. —Alisou minha mão e ficou em silêncio por alguns minutos.

Voltei a olhar para a televisão.

Então ela tirou os olhos do chão e se virou para mim. — Ele andava bem devagar, o corpo meio duro, sabe? Assim encurvado, tremia de leve as mãos quando ia escrever alguma coisa.

Cheguei a abrir a boca para dizer que pena, mas terminei em um suspiro, porque ela me interrompeu, os olhinhos marejados. — Pensa que coisa triste é isso.

E eu estava pensando justamente em como era mesmo tristíssimo, principalmente porque sua boquinha parecia estremecida nessa última frase.

Largou minha mão, abriu a bolsa, puxou um lenço e assoou o nariz, a voz mais fraquinha. — Foi terrível.

Depois falou alguma coisa que eu não consegui entender. Não sabia se pedia para ela repetir. Não pedi.

Ela embolou o lenço na mão, parecia confusa. — Veio a desconfiança, ele de repente ficou contra mim, dizia que eu enganava ele. — Olhou para a porta, como se procurasse alguém. — Dizia que eu era mentirosa, que falava dele pelas costas. Imagina que eu ia fazer uma coisa dessas.

Não, eu não conseguia mesmo imaginar uma coisa dessas e muito menos alguma coisa boa para falar. Fiquei em silêncio, ela também.

Já no carro, na volta para casa, perguntei pra mamãe sobre o tio Humberto, sobre as coisas tristes que a tia tinha me contado, e foi quando ouvi pela primeira vez o nome daquela doença, Corpos de Lewy, segundo ela, um mal incurável.

— A tia também tem essa doença? — perguntei quando chegamos na garagem.

A mãe esticou o braço para pegar a bolsa no banco de trás do carro. — A tia? Por quê?

— Sei lá, ela foi encurvando enquanto me contava, parecia até menor, tinha hora que a boca tremia, aí ficava confusa.

Minha mãe se virou para mim, um pouco menor do que antes:

— Isso é por conta das saudades, filha, um outro mal que não tem cura.

CONTROLE

As meninas riem quando a avó pega o controle remoto da televisão, encosta no ouvido direito, "pronto, quem tá falando?", e espera pela resposta que não vem, enquanto o telefone continua tocando, trimmmmm-trimmmmm.

Elas acham que é brincadeira da avó, então riem; Lalinha mais do que Paola, porque a mais velha fica na dúvida, a cara da avó não é de brincadeira, é de confusão.

Quando coloca o controle remoto no braço da poltrona, a confusão se mistura à vergonha, e é um rosto triste de se encarar por muito tempo. Então Paola olha para a irmã e pede que pare, "chega, nem tem tanta graça assim".

O pai desce a escada pulando degraus, "ninguém pode atender essa merda?", grita, e, elas se endireitam no sofá, ficam quietas, os ouvidos atentos quando ele tira o aparelho da base e pergunta, a voz alta demais, "o que é que você quer?".

A avó decide ir para a cozinha. Com passos inseguros, alcança a geladeira, porém não se lembra exatamente se tem sede ou fome diante da porta aberta. Pega a garrafa e despeja água no copo; é relaxante o barulho do líquido preenchendo o vidro. Está para transbordar quando o filho se exalta na sala, "as meninas estão bem, pode ficar tranquila que elas não precisam de nada, aqui nessa casa estamos todos muito bem, obrigado".

Paola pensa que o pai poderia contar sobre o oito e meio que ela tirou em matemática, sobre o esfolado no joelho esquerdo, que foi na semana passada mas ainda pinica quando ela coloca calça comprida, sobre o sorvete de morango que tomaram faz quase um mês, sobre a pipa que enroscou no poste e balança sempre que venta. Talvez fosse bom avisar que a vó tem feito xixi na cama, dizer que no outro dia ela achou que tinha uma mulher estranha do outro lado do espelho. Mas o homem de pijama largo demais e a mão muito fechada não quer falar sobre pipas, matemática, sorvete e esquecimentos, quer gritar com a voz rouca, "foi você que quis ir embora".

Agora Paola pensa em aumentar o volume da televisão, mas o controle remoto foi largado no braço da poltrona, ao lado do pai, ainda mais nervoso quando xinga, "você é uma filha de uma puta", e soca o aparador onde fica a base do telefone, que pula um pouquinho.

O xingamento não abafa o barulho de vidro se espatifando na cozinha. Lalinha estremece e desaba em um choro exagerado. O pai desvia a atenção do telefone para ordenar a Paola, "vai lá ver o que minha mãe aprontou dessa vez".

Quando recebe a ordem, Paola já está de costas, invadindo a cozinha, onde a avó, com as mãos espremidas uma na outra, dando passos curtos e desordenados, se desculpa e oferece uma solução descabida para a situação, "foi sem querer, desculpa, minha menina, depois eu colo". Paola sabe que não é possível colar os cacos estilhaçados, também sabe que não adianta tentar explicar isso para a avó, então pede que ela se sente enquanto vai buscar a vassoura.

Mas ela não se senta, prefere voltar com seus passos curtos e sua cara de transtorno para a sala, onde reencontra o filho esbravejando, "se você fosse uma boa mãe e não uma puta". Ela tapa os ouvidos, abana a cabeça, depois vai até a poltrona, apanha o controle remoto e o agarra com os dedos tortos e algum tremor.

Não é mais um telefone, é novamente um controle remoto, que ela aponta na direção do filho. Tenta desligá-lo.

Ninguém acha graça.

SEM SAÍDA

No final desta rua mora uma senhora.

Não é naquela casa ali no fundo, à esquerda, com portão de madeira pintado de marrom. Não. Nem naquela de grades brancas, à direita.

É na calçada mesmo, bem onde a rua termina.

Sem saída.

Já morou em muitos outros cantos desta cidade; ali, instalou-se faz vinte dias.

A mulher da casa da esquerda já ligou para a prefeitura quatro vezes, primeiro solicitando, depois exigindo que a mendiga fosse retirada dali.

A prefeitura ainda não mandou ninguém. Devem ter se esquecido.

Enquanto ninguém vem, ela continua mal instalada no chão, com os cobertores que ganhou na Campanha do Agasalho três anos atrás. Insistiram para que levasse dois, tinham muitos.

Sobrando.

Mesmo no verão, ela se cobre com os dois, um em cima do outro. A rua é fria, sempre. Até quando faz calor. Porém não é aquele frio que o vento traz. Não. É frio que nasce dentro. Às vezes ela ralha com o vento, diz que chia alto dentro dos seus ouvidos, bate as mãos na cabeça, mas não adianta. Ele continua uivando lá dentro.

Sairia pouco dos cobertores se não precisasse catar lixo, pedir comida e esmola por aí.

Sairia pouco se pudesse, porque aparecendo menos na rua e nas praças, ouviria menos os xingamentos das pessoas, mendiga, elas dizem, olham feio, tapam o nariz, fedida. Algumas fogem.

E louca. É assim que os moleques a chamam, jogam coisas nela, riem quando ela fala sozinha, briga com eles, a cara bem enrugada, a voz rouca.

Tem uns meninos pequenos que correm gritando quando ela se aproxima. Mesmo quando ela não grita, não fala sozinha e não está com a cara enrugada. Aprenderam cedo que ela é a louca.

Mas não são só os moleques e as criancinhas; adultos e até idosos também acham que ela é louca. Alguns não falam, embora pensem.

Se saísse menos, saberia menos que é louca, fedida, mendiga.

Ela precisa sair. Então fica sem saída.

Saiu de casa faz quatro anos, sem saber aonde ia, sem imaginar que sairia, a roupa ainda limpa, o corpo cheirando a sabonete, o cabelo molhado. Foi indo, indo, até que entrou em um ônibus, sem dinheiro ou bilhete, e foi despejada em outra cidade. Não sabe o nome da cidade aonde chegou. Da outra, onde nasceu, não se lembra.

Há quatro anos ainda não era fedida, mendiga, louca, nem gritava quando o vento zumbia nos seus ouvidos. Só gritava para dentro. E ninguém ouvia.

Saiu, deixando para trás uma filha e dois netos. Quase nunca se lembra deles. Uma lembrancinha leve de vez em quando, um lampejo de falta. Insuficientes.

Há quatro anos, a filha e os netos saíram na rua para procurar. A pé, de carro, nas praças, nos hospitais, no necrotério. Onde ela foi parar?, a filha perguntava aos seus filhos, que não sabiam responder. Não sabem até hoje.

Saíram para procurar a polícia, que saiu à procura da desaparecida. Dois dias, um carro pela vizinhança, uma fotografia nas mãos. Desistiram. Tinham mais o que procurar.

Às vezes a filha e os netos se lembram, mais ela do que eles. Filha e netos também se esquecem.

Onde estará mamãe?, a filha pergunta a si mesma, principalmente nas datas festivas. Na Páscoa, a ausência da colomba que ela fazia; no Natal, um prato a menos na ceia; no Ano-Novo, a constatação de mais um ano sem ela; no aniversário, a incerteza se ela continua envelhecendo em algum lugar longe dali.

A polícia nem se lembra mais. Policiais também se esquecem.

Ela é esquecida já faz tempo. Desde antes de sair de casa, sua cabeça já andava meio atrapalhada. A filha e os netos nem sempre tinham paciência, achavam que ela inventava, mentia, queria atenção, se fazia de sonsa.

Hoje ela quer a atenção de estranhos que encontra pelas ruas, nas praças, nos pontos de ônibus. Indo pra onde?, ela gosta de saber, mas quase ninguém informa a ela seu destino. Devem ter medo de a louca ir atrás deles.

Tem dia que não quer encontrar ninguém, não quer gastar perguntas à toa, nem gritar. Prefere ficar quieta, feito sonsa. Invisível.

Principalmente nesses dias, não queria ter saído da rua sem saída. Mas não teve saída.

Ninguém sabe seu nome. Deixou para trás, junto com a outra vida, com a filha e os netos.

Qual era mesmo?

Nunca se lembra.

Quem se lembra?

Hoje, ela sai da rua sem saída para andar pelo centro da cidade.

A mulher da casa com portão de madeira pintado de marrom vai ligar mais tarde para a prefeitura, pela quinta vez. Ela não se esquece.

Talvez hoje a prefeitura se lembre de mandar alguém, e não haverá mais saída para a senhora a não ser sair.

Ela chega ao centro, cansada, seu corpo não aguenta mais. Para um pouco para tomar fôlego e coragem, quando nota a alguns passos uma mulher e dois moleques magricelas que se parecem com os que ela vê todos os dias, vindo na sua direção.

Eles não são os que ela vê todos os dias porque estão ali pela primeira vez.

A mulher a percebe parada no meio da calçada, deixa para trás os meninos e grita, mãe!, se aproxima, passa a mão pelo seu rosto, é a senhora?, o que a senhora está fazendo aqui tão longe?

Os netos se encaram, não sabem como se aproximar. Não se aproximam.

É a senhora, mãe?

Uma pergunta que não precisa de resposta.

Uma resposta da qual ela não se lembra.

REGINA

Regina é portadora de Parkinson.

Regina é portadora de Parkinson e arquiteta.

Regina é portadora de Parkinson e arquiteta e estudante de artes plásticas.

Regina é portadora de Parkinson e arquiteta e estudante de artes plásticas e amante de flores.

Regina é portadora de Parkinson e arquiteta e estudante de artes plásticas e amante de flores e colecionadora de selos.

Regina é portadora de Parkinson e arquiteta e estudante de artes plásticas e amante de flores e colecionadora de selos e cozinheira de bolos.

Regina é portadora de Parkinson e arquiteta e estudante de artes plásticas e amante de flores e colecionadora de selos e cozinheira de bolos e espectadora de minisséries sobre crimes reais.

Regina é portadora de Parkinson e arquiteta e estudante de artes plásticas e amante de flores e colecionadora de selos e cozinheira de bolos e espectadora de minisséries sobre crimes reais e organizadora do clube de livros e dona do Sansão.

Regina é portadora de Parkinson e arquiteta e estudante de artes plásticas e amante de flores e colecionadora de selos e cozinheira de bolos e espectadora de minisséries sobre crimes reais e organizadora do clube de livros e dona do Sansão e esposa do Roberto.

Regina é portadora de Parkinson e arquiteta e estudante de artes plásticas e amante de flores e colecionadora de selos e cozinheira de bolos e espectadora de minisséries sobre crimes reais e organizadora do clube de livros e dona do Sansão e esposa do Roberto e filha da Isaura.

Regina é portadora de Parkinson e arquiteta e estudante de artes plásticas e amante de flores e colecionadora de selos e cozinheira de bolos e espectadora de minisséries sobre crimes reais e organizadora do clube de livros e dona do Sansão e esposa do Roberto e filha da Isaura e amiga da Lucrécia.

Regina é portadora de Parkinson e arquiteta e estudante de artes plásticas e amante de flores e colecionadora de selos e cozinheira de bolos e espectadora de minisséries sobre crimes reais e organizadora do clube de livros e dona do Sansão e esposa do Roberto e filha da Isaura e amiga da Lucrécia e mãe do Bernardo.

Regina é mãe do Bernardo e amiga da Lucrécia e filha da Isaura e esposa do Roberto e dona do Sansão e organizadora do clube de livros e espectadora de minisséries sobre crimes reais e cozinheira de bolos e colecionadora de selos e amante de flores e estudante de artes plásticas e arquiteta e tem Parkinson

PEC-PEC-PEC-PEC

Dona Maria entra na cozinha, a filha Rosângela está sentada de costas, pec-pec-pec-pec, escolhe feijões. Levanta a cabeça, se vira para ela e sorri, "quer me ajudar?", aponta o armário, "pega uma vasilha pra senhora e senta aqui".

Ainda bem pequena, dona Maria já ajudava a catar feijão. A mãe, dona Eulália, elogiava seus olhos bons para encontrar as pedrinhas escondidas no meio dos grãos, mas a menina errava quando colocava no monte das pedras aqueles que eram só metade. "Não jogue fora esses, se não estiverem estragados, vão pra panela", a mãe dizia. "E os murchos?", Mariazinha perguntava, ao que a mãe respondia, "murcho desmurcha na água quente", e a menina ria, repetindo sempre a mesma pergunta porque gostava quando a mãe falava de desmurchamentos.

Pec-pec-pec-pec.

Agora dona Maria olha para a filha, mas vê sua mãe Eulália, e acha estranho quando repara no punhado perto dela, alguns feijões pela metade, outros murchos, desprezados junto com os furados, as pedras e até um milho que veio por engano. Talvez sua mãe esteja cansada, pensa.

Não conversam por alguns minutos, restando apenas o barulho dos grãos jogados de um em um ou sendo guiados em cascata da mesa à vasilha.

Rosângela quebra o silêncio ao cantarolar uma música que dona Maria cantava para ela na infância, é uma letra que fala de sapos, peixes e rios, mas ela traz agora apenas a melodia, com a língua estalando no céu da boca. A mãe descansa as mãos sobre a mesa, se volta para Rosângela e torna a enxergar a filha.

Pec-pec-pec-pec.

Dona Maria ouve a chuva bater na telha, espia o tempo feio pela janela, a cozinha lhe parece mais escura e menor do que há poucos minutos. "Filha, tem roupa no varal?", pergunta, e Rosângela diz que não, não lavou nada nesta manhã, mas dona Maria quer verificar se não tem mesmo roupa sendo ensopada pela tempestade. Ela se levanta num supetão e derruba a vasilha com os feijões selecionados, que agora ela jura serem ração espalhada pelo piso.

A filha diz que depois recolhe, "está tudo bem, senta aqui, senta", mas a mãe agora quer saber do cachorro. "Onde está o Salsicha?, onde está o Salsicha?", pergunta em desespero. Os olhos correm a cozinha, espiam o corredor. Dá dois passos, "Salsicha!", chama, e ele surge, vindo do quintal, molhado da chuva. Chega perto dela, se chacoalha da cabeça ao rabo, e ela acha graça quando os respingos a atingem. Depois, com o focinho, ele examina o chão e vai catando os grãos esparramados.

ESPECÍFICA

Você entra no quarto e acha estranho ela ter se deitado de blusa, não sabe se foi frio ou pressa, talvez tenha sido desleixo, falta de vontade, ela anda tão sem ânimo para as coisas. Mãe, precisa se trocar, vamos colocar o pijama?, você pergunta, como quem fala a um filho muito pequeno ou muito teimoso.

Você se aproxima, ela nem se mexeu na cama até agora, o braço para fora da coberta; foi por causa dele que você reparou nela ter se deitado com a blusa de lã listrada e não com o pijama que você lavou hoje. Lava todo domingo quando aparece na casa para ver se está tudo bem, e vai embora na segunda logo cedo porque está tudo bem. Sua mãe cada vez mais reclamona, mas é normal, ela sempre foi meio chata mesmo, deve ser a idade.

Você pede, vamos tirar a blusa, mãe, essa vai apertar seu pescoço, cutucando seu ombro. Tem medo de a gola muito fechada machucar ou a lã causar alguma espécie de coceira; é uma boa filha, se preocupa com ela, que agora se mexe um pouco e resmunga, vai embora, me deixa em paz, é ríspida como nunca foi. E você se lembra do seu marido avisando que ela está cada vez pior, que sempre foi chata, mas está impossível.

Você é uma boa filha, não quer desistir, não quer deixar sua mãe dormindo com roupa de ficar em casa. Você puxa o lençol e vê que além da blusa de lã ela veste uma calça com elástico grosso na cintura, provavelmente aperta sua barriga.

Você não quer desistir, mas vai, porque na cama de solteiro ao lado, que era da sua filha que agora mora no Japão, dorme seu pai, um homem que toma remédios fortes para controlar o Parkinson, um homem que se acordar a uma hora dessas vai ficar agitado, vai querer sair da cama, vai querer ir ao banheiro. E você não quer piorar ainda mais essa noite, a pior da semana porque você está fora de casa.

Você desiste, é uma boa filha, então é melhor deixar que eles durmam. Sua mãe precisa descansar para poder cuidar do marido que exige muitos cuidados e talvez seja por isso que ela esteja cada vez mais ansiosa, mais reclamona, mais chata e até mais chorona. Você se lembra do domingo anterior quando ela chorou após você elogiar a macarronada.

Você se sente aliviada quando os visita e percebe que sua mãe é capaz de cuidar dele sozinha, cuidadores são caros, casas para idosos têm preços absurdos. Então você gosta de ver que ele está bem, não caiu mais, é bem alimentado, caminha quase todos os dias e faz até alguns exercícios com elástico para fortalecer a musculatura. Isso tudo foi sua mãe que lhe contou em um dos seus dias melhores, porque ultimamente ela tem falado pouco, parece tão cansada.

Você deixa o quarto deles e vai para o seu, também está cansada, trabalha muito a semana toda, cabeça sempre no seu pai, na doença incurável, nos medicamentos caros e na cirurgia que talvez seja necessária. Na última consulta, a médica sugeriu o procedimento que promete reduzir bastante os tremores e a rigidez; fazem dois furos na cabeça e colocam eletrodos. Vocês saíram de lá esperançosos, seu pai até tentou sorrir, porém a doença roubou essa capacidade faz uns meses. Sua mãe ficou ansiosa com a notícia, começou a fazer perguntas demais, questionar sempre as mesmas coisas e a duvidar do milagre prometido. Você a chamou de pessimista e egoísta quando ela disse que ele poderia voltar para casa pior. Lembra? Ela chorou mais uma vez, mais pelo egoísta do que pelo pessimista.

Você às vezes chora também, em ocasiões específicas, de medo, tristeza, raiva, saudades da filha que acorda no Japão quando aqui anoitece, longe, tão longe. Você chorou no dia em que ela foi embora, chora quando é Natal, ela liga na hora da ceia e vocês ainda estão almoçando. Quando sua mãe chorou depois que você a chamou de egoísta, você teria chorado também se não estivesse tão irritada por ela não enxergar a oportunidade daquela cirurgia. Parece que gosta de sofrer, você pensou, parece que gosta de ver o marido daquele jeito, você pensou também. E ainda bem que preferiu não dizer essas coisas porque ela choraria ainda mais. Uma velha chorona, ficou uma velha chorona, seu marido disse quando você contou para ele.

Você tem medo de um dia ter a mesma doença do seu pai. Quando fez pesquisas sobre o assunto, preocupada em saber lidar com a situação, ansiosa para prever o futuro dele e de toda a família, tomar as devidas providências, você leu que o Parkinson não tem causa definida, mas que a genética é o fator mais provável. Por isso, às vezes, você sente raiva quando ele tem dificuldade para fazer coisas simples como escrever um bilhete ou quando treme como se sentisse frio, muito frio, e faz mais de trinta graus.

Você não sabe se teria a mesma capacidade de sua mãe de se dedicar a alguém como ela se dedica ao seu pai. Pensa no carinho que ela oferece a ele entre uma reclamação e outra, no jeito como o ajuda a pentear o cabelo ralo, em como se apressa para afastar obstáculos que possam dificultar sua passagem, em como faz de tudo para que ele não se envergonhe por não conseguir fazer coisas simples. Você a inveja por ser a única a entender as palavras mais truncadas que ele diz mexendo a boca de forma estranha.

Você agradece mais uma vez a paciência de sua mãe e decide dar mais uma passadinha no quarto deles antes de se preparar para dormir.

Diante da porta, vê sua mãe de pijama sentada na cama; ela fala ao seu pai algo que você não entende, é quase um sussurro. Ele está calmo, responde com a mão incerta que deixa o lençol e toca o joelho dela. E esse instante se torna uma daquelas ocasiões específicas, então você chora.

AS CONTAS

Com a ponta da agulha, Lorena apanha na caixinha de madeira uma conta colorida.

— É pulseira ou colar?

Por cima das lentes, ela encara o marido recostado na poltrona. — Não tinha percebido que estava aí. — Estende o braço para além do sofá, a agulha entre os dedos. Com a outra mão, empurra a miçanga pela linha esticada. — Colar.

— Então demora mais.

— O quê?

— Colar demora mais que pulseira. — Miguel curva o corpo para frente, pega a xícara sobre a mesinha de centro.

— Depende. Já fiz pulseira de cinco voltas, leva mais miçangas que colar. Está com pressa?

— Nenhuma. Prefiro que demore. Gosto de te ver montando colar.

— Pois vou montar um longo, duas voltas. Hoje estou com as mãos boas, firmes. — Ergue o fio com uma dúzia de miçangas à altura dos olhos e o balança; as contas dançam alinhadas.

— Quer café, querido? Esse tá frio, é de ontem.

— Tá bom esse, não me importo.

Ela volta a vasculhar a caixinha marchetada. — Minha vista também está ótima hoje, encontro esses furinhos tão pequenos com facilidade, veja. — Vira as mãos na direção da poltrona para mostrar ao marido a agulha espetando a bolinha. Mas os olhos de Miguel agora estão ocupados em varrer a dobra que o gesso faz entre a parede e o teto. — Estava lembrando aqui, minha mãe também lidava com agulha, costurava pra pessoas de dinheiro e estava sempre costurando uma meia, um calção pra gente.

— Eu também já costurei muita meia furada, as suas, inclusive. — Pousa o colar sobre o colo e examina os pés do marido. Estranha que estejam descalços.

— Ela colocava um ovo dentro da meia. Eu não entendia por que ela fazia aquilo e ficava perguntando, por que enfia esse ovo na meia, mãe?, é ovo de verdade, mãe?, é mágica, mãe? é loucura, mãe? E ela ralhava, vai brincar e me deixa em paz, menino atentado. Minha mãe nunca teve paciência para as minhas perguntas.

Lorena corre a miçanga branca pelo fio. — Minha mãe costurou pra fora a vida inteira, não sabia que a sua mãe também.

— Um dia, fui na gavetinha da máquina de costura, peguei o ovo de madeira sem que ela visse e enterrei no quintal. Ela nunca mais achou.

— Enterrou, Miguel? Por quê?

— Sei lá. Mas depois esqueci onde, deve estar lá até hoje.

Lorena alisa as miçangas presas à linha, leva a mão à caixa e cata uma azul. — Estranho como a gente se esquece das coisas, não é, meu bem? Acho triste.

— Nem tudo a gente esquece, Lore. Essa história do ovo eu me lembro até hoje, a cabeça da gente é assim. Lembranças vêm e vão. Faz sei lá quantos anos. Cem?

A conta azul escapa dos dedos de Lorena e corre na direção da poltrona, quase alcançando os sapatos pretos do marido. — A primeira que me escapa — diz e suspira em desaponto.

Abandona o colar sobre a almofada, tira os óculos, acomoda a caixinha marchetada sobre o braço do sofá e se levanta. — Vou preparar um café, esse é de ontem.

— Fica aí, Lore, esse aqui tá bom.

Na cozinha, ela busca o café no armário, passa as pontas dos dedos pelas flores que adornam a lata corroída pelo tempo. — Lembra dessa lata, Miguel? —, pergunta, voltando o rosto na direção da sala. Despeja o pó na cafeteira e a liga na tomada.

Espicha a cabeça mais uma vez para a porta. — Quer biscoitos, meu bem? Ainda tem os de chocolate. — Abre a embalagem, os apanha e os arruma em um pratinho de porcelana.

A cafeteira desliga sozinha, o café está pronto. Enche as xícaras, as acomoda em uma bandeja ao lado dos biscoitos e, num lampejo, se lembra. Apressa-se em chegar à sala para contar ao marido. — Atrás da roseira, Miguel, enterrei atrás da roseira — diz, avançando pela porta.

Vê a poltrona desocupada. Miguel não está mais lá. Sobre a mesinha, a xícara ainda cheia. Repousado na almofada, um fio vazio e várias contas coloridas espalhadas pelo chão.

CASA VAZIA

Seu Pedro, vizinho do sobrado aí em frente, o verde, vivia aqui em casa. Vinha sempre pedir alguma coisa, que não era uma xícara de açúcar igual a gente vê nos filmes, não, ele vinha atrás de dinheiro, tô muito precisado, ele falava, tenho vergonha de pedir. Não tinha, não. A senhora tem um pra me emprestar? Eu não tinha, mas não sabia dizer não, então emprestava. O desgraçado levava meses pra devolver e quando devolvia esperava umas três semanas e vinha pedir de novo. Eu até já separava o que ele devolvia pra emprestar de novo.

O dinheiro que eu tinha era pras despesas da casa, os remédios, pra gastar com a família, porque eu sempre gastei com a família, muito. Comprava coisas pras meninas que vinham aqui, tudo molambenta, as roupas rasgadas, os cabelos desgrenhados, sapato furado. Tava sempre faltando alguma coisa, toda hora elas me pediam um presente, uma novidade que aparecia na televisão, dava até medo quando parava o desenho e entrava a propaganda. A senhora não precisa gastar com elas, minha nora dizia, mas aceitava tudo e dava um jeito de parecer que não tinha pedido nada, ela e meu mais velho. Aceitavam também os jantares que eu fazia quase todo final de semana, tinha carne, tinha fartura, tinha sobremesa pra escolher.

Meu afilhado também gostava de comer aqui em casa, ligava já avisando que vinha e escolhia o cardápio, e aquela feijoadinha que só a madrinha sabe fazer, hein?, saudades de me esbaldar, e se esbaldava mesmo, saía com o barrigão pra explodir. Entrava já perguntando pela cachaça pra fazer uma caipirinha e só saía depois do pudim de leite condensado, que só a madrinha sabe fazer sem furinho, elogiava.

A doença entrou, saiu todo mundo. Ficou o Sandro, meu mais novo, se mata pra cuidar de mim, me leva pra lá e pra cá nos médicos, caminha comigo no parque, me ajuda com a casa, com a comida, largou o emprego, os amigos, largou tudo pra cuidar de mim. Justo ele, que nunca me pediu dinheiro emprestado, não liga pra sobremesa e nunca provou da minha feijoada.

LEITORA

Estou na biblioteca quando a moça entra, acende a luz, vai até uma das longas estantes que se estendem por três das quatros paredes. Passa os dedos pelas lombadas, dedilha alguns volumes como se tocasse um piano, puxa um de capa vermelha, lê o título, devolve, faz isso cinco vezes até deixar a biblioteca com um exemplar azul nas mãos.

Agora a acompanho avançar pelo corredor, entrar no quarto com leveza nos passos e mistério no rosto. "Peguei um bem especial para começarmos hoje", diz à senhora deitada sobre a cama, o lençol até o queixo, os olhos abertos. Exibe o volume a ela, balançando-o em frente ao rosto sisudo, "lembra deste?", pergunta, mas a senhora não demonstra qualquer sinal de ter se recordado.

Com o livro firme na mão esquerda, a moça se senta na poltrona ao lado da cama, ajeita a manta esverdeada no colo, acende o abajur e toca o interruptor para apagar a luz do quarto. A felicidade é logo ali, ela lê, passando o indicador sobre as letras negras. Os olhos vão do livro à senhora, que continua imóvel; apenas o peito, sob a coberta, sobe e desce, atendendo à sua respiração morosa.

É gostoso ouvir sua voz doce, uma pausa aqui, outra ali para conferir a senhora, que cerrou os olhos há dois parágrafos, a respiração mais branda. Na página vinte e um, quando se encerra o segundo capítulo, a moça fecha o livro, o acomoda sobre a mesinha, os gestos comedidos, não faz o mínimo barulho. Retira a mantinha do colo e vai se deitar na cama de solteiro do outro lado da cama maior.

Quando amanhece, a moça leitora não está aqui. Agora é uma mulher mais velha quem acompanha a senhora, a tira da cama, a leva ao banheiro, guiando seus passos, quase escorando o corpo mirrado no seu.

Assim que retornam, outra funcionária entra carregando uma bandeja com uma xícara de porcelana fina, um copo de suco de laranja, algumas uvas e um croissant, "bom dia, dona Juju, dormiu bem?", pergunta, com a voz infantilizada, colocando o café da manhã na mesinha que a senhora agora tem sobre o colo. Ela come sozinha, com vagar e dificuldade, sob olhos atentos.

Ainda vejo um pedaço do croissant e algumas uvas na bandeja quando a senhora desiste do café da manhã. No instante em que a mulher retira a mesinha, entra no quarto um homem empurrando uma cadeira de rodas, "vamos passear?", ele pergunta, um quê de animação; e mesmo que a senhora não se mostre animada, ele puxa seu lençol e a ajuda a se acomodar na cadeira.

Agora estamos no jardim, entre as árvores, arbustos, canteiros de flores. Vez ou outra, o homem interrompe o silêncio para comentar algo ou fazer perguntas, "quando será que florescem as glicínias?", "que sol lindo está hoje", "será que vai dar muita jabuticaba este ano, dona Juju?", mas ela não responde, apenas repete, "quero ir para a minha casa", ou pergunta insistentemente, "onde está a minha Dalila?". Para o pedido, ele explica pacientemente que primeiro precisam tomar um solzinho gostoso. Sobre a Dalila, ele varia as respostas, "ela está lá dentro", "está comendo", "está passeando", "fugiu mas já volta". Imagino que seja uma gata, chego a procurá-la, sem sucesso.

Já é noite quando a moça leitora entra no quarto, cumprimenta a senhora com carinho, se ajeita na poltrona e apanha o livro azul sobre a mesinha. "Agora eu vou ler para a senhora", avisa, antes de dizer novamente o título do romance, "A felicidade é logo ali", e aguardar qualquer reação, que mais uma vez não vem.

Ela abre na página onde deixou o marcador na noite anterior e retoma a leitura em sua cadência hipnótica. Lê para nós até a página quarenta e quatro, descansa o volume no colo, observa a senhora esticada sobre a cama, ainda na mesma posição, o lençol fazendo a curva no pescoço. Fecha o livro, passa o dedo sobre o nome da autora, e lê baixinho: "Jurema Castilho". A senhora agora se mexe, deixa a cabeça cair para o lado da janela. Daqui não vejo mais seu rosto, mas agora sei seu nome.

FEIRA

Laranja, olha a laranja, minha senhora, a dúzia é vinte. Laranja?, será que preciso de laranja? Vinte, vinte minutos, vai dar tempo. Banana, a Célia disse que banana é bom. Vê uma dúzia, madura, não muito. Vai mamão hoje? Mamão?, não, mamão solta. Maçã, meia dúzia, por favor. Será que ela acordou?, e se ela acordou e tá me chamando? Moça, moça, o troco. Mulher bonita não paga mas também não leva. Preciso levar ela no banheiro assim que chegar, dar um banho, deve acordar suada. Tá gritando, já sei, tá se esgoelando lá e eu aqui. Precisa afiar uma faca?, arrumar uma panela? A panela preciso, mas não trouxe, justo a pressão tá com a tampa quebrada, ontem ela achou que eu tinha colocado veneno de rato na sopa, mas era salsinha, por que eu não trouxe a panela? As batatas demoram pra cozinhar fora da pressão. Batatas, onde estão as batatas? Será que vai perguntar de novo onde está a casa dela?, dizer que eu vendi a casa pra roubar o dinheiro? Nossa, a batata tá pela hora da morte. Mas quem tá pensando em morte?, meu Deus do céu, e se chego em casa e ela morreu? Uma bandeja dessa, quero chuchu. Cenoura é bom pra cabeça. Será? Dez minutos, mais dez minutinhos. Sim, cenoura é uma maravilha, senhora, abobrinha também, vai querer? A médica falou que brócolis é bom pros ossos, mas tá caro. Brócolis, vai um maço? Vai, vai, pode escolher um bonito pra mim. Eu já vou, já tô indo, é que acho vinte minutos pouco pra tanta coisa. Calculei errado. Eu sempre calculo errado. É tanta coisa e sempre falta, vou esquecer alguma coisa. Esqueci de marcar o dentista. A Célia leu que cuidar da saúde bucal é essencial, essencial, ela disse. O peixe, pra esquecimento é o peixe. Cadê o peixeiro mesmo? Perto do pastel, ai, que fome, cansada de comer sopa, mas não dá tempo, olha lá, três minutos, dá pra nada, só pra subir a rua já são dois, ela tá gritando porque se levantou sozinha e caiu, quebrou o fêmur, certeza, é sempre o fêmur, tá gritando, quase ouço daqui. O que vai levar hoje, moça? Moça. Outro dia ela também me chamou de moça, ei, mocinha, ela disse, o que você tá fazendo no meu quarto?, não sou mocinha, sou a Julieta, Etinha, lembra?, não lembrava, ficou brava. Chegou salmão, fresquinho. Pescada, tem?, filé?, só se já estiver limpo, limpo já, um minuto, não tenho um minuto, vai o peixe inteiro, faltou o pano, queria ir na banca do pano porque aqueles estão velhos, tudo velho, rasgado, não prestam mais, meu Deus, já tô atrasada, mais alguma coisa?, senhora, a senhora precisa de mais alguma coisa? Ajuda. Eu preciso de ajuda.

NÓS

Quando ~~eu~~, você e sua mãe se sentam à mesa para jantar, a comida parece ser sempre muita, embola na boca, amarga, desce rente.

Era só uma panelinha de arroz, uma de feijão, ela tinha feito no começo da semana, mas não acaba. ~~Eu~~ Quis fritar um ovo, mas você não quis, não precisa, mãe, você negou, e disse que estava satisfeito depois de duas colheradas cheias só pela metade para não embolar muito.

Você saiu da mesa, e ela ficou olhando o prato vazio porque ainda nem tinha se servido quando você empurrou a cadeira, os pés de metal arranhando o chão. Doeu os ouvidos, e ela gritou, ai, levou as mãos à cabeça. ~~Eu~~ Quis chorar. Mas não chorou.

Foram cinco passos até você se espichar no sofá, o controle remoto mudando de canal, parando em qualquer coisa para não ver sua mãe na cozinha colocando no prato um pouco de arroz e um pouco de feijão, quase mornos.

Você aumentou o volume da televisão para não a ouvir mastigar como uma mãe que estava quase chorando, e que depois se levantou sem arrastar nada e foi lavar a louça pouca que ela teve vontade de quebrar mas não quebrou porque o barulho e o desespero dos pratos aos pedaços poderiam atrapalhar o seu descanso.

~~Eu~~ Você espiava de vez em quando, da sala dava para ~~eu~~ ver que ela segurava o prato na mão e passava o pano bem devagar. Você desviou o olhar para a televisão onde passava alguma coisa à toa que podia ser uma receita de bolo que vocês nunca farão porque essas coisas embolam na boca e amargam antes de descer raspando a garganta.

Sua mãe terminou de secar os pratos inteiros e os copos as duas metades vazias e veio se sentar no sofá do ~~meu~~ lado. ~~Eu~~ Quis falar para você que é difícil perder quem se ama, mas ela não disse nada. Você sabe.

Ela ficou amassando o pano de prato nas mãos, olhando a televisão sem ver o que podia ser uma propaganda de salgadinho de bacon que ela nunca mais iria comprar porque ~~eu~~ ninguém gostava dessas porcarias que acabam com a vida da gente. Ela olhou para você e ~~eu~~ disse, essas coisas acabam com a vida da gente, mas você não entendeu porque na TV passava um filme de amor, mas poderia ser um documentário sobre demência.

FORÇA

— Mas por que a senhora saiu sozinha de novo, mãe?

— Não sei, não sei, filha, é uma coisa que vem.

— Como assim uma coisa? Que coisa? Explica direito.

— Não sei.

— Mas de onde, mãezinha? De onde vem essa coisa? Explica direito.

— Vem de fora.

— De fora? Mas que coisa é essa que faz a senhora sair sozinha por aí?

— Ela vem e quer me levar.

— Como assim, mãezinha? Essa coisa quer levar a senhora?

— Quer. Pra fora daqui, pra outro lugar.

— Pra rua? Eu vou com a senhora. Se quiser sair, eu levo a senhora.

— Pra fora da Terra. É uma força que vem.

— Mas a senhora não pode ir.

— Não?

— Não, a senhora tem que avisar que não pode ir.

— Avisar? Pra quem?

— Pra essa nave.

— Nave? Que nave, filha? Explica direito.

EI, MOLEQUE

— Ei, moleque, tira o pé do sofá.

Lucas se assusta com a ordem do vô Ernesto. Não por ser pego com os tênis no estofado bege de flores miúdas ou pelo tom quase severo e inesperado. É por ter sido tratado por moleque e não por Luquinhas, como o vô, carinhosamente, costuma dirigir-se a ele.

O menino arruma a postura e faz um bico de choro que só se desfaz no carro, na volta para casa, quando conta aos pais:

— O vô brigou comigo.

— Brigou? Brigou como? — Gabriela pergunta, virando o corpo para olhar o filho no banco de trás do carro.

— Eu tava na sala deitado no sofá, quietinho, quando ele apareceu e falou, apontando o dedo pra mim, ei, moleque — explica, engolindo o choro e a parte que envolve seus tênis sujos no estofado.

Os pais aguardam que ele chegue à parte da briga.

Diante do silêncio, Júlio insiste:

— Você disse que o vô brigou com você. Então, filho, o que ele disse?

— Ele disse isso, ei, moleque. O vô Nenê me chamou de moleque. E eu sou o Luquinhas! — diz, se entregando, enfim, às lágrimas e aos soluços.

— Ele anda meio cansado, filho, deve ser isso. Você não viu que de tarde ele foi tirar uma sonequinha? — a mãe pergunta, tentando acalmá-lo. Depois se volta para a frente, espicha um olhar cúmplice ao marido e pousa a mão em sua perna.

Todos já se esqueceram dos tênis no sofá e da briga que nem foi briga quando se reúnem novamente na casa dos pais de Gabriela, quinze dias depois. Menos Lucas, que ainda guarda na lembrança o dia em que se viu como um moleque estranho e desobediente aos olhos do vô Nenê.

Sobre a mesa, uma travessa de lasanha, uma assadeira com sobrecoxas douradas e um pirex redondo cheio de salada. Todos com muita fome. Menos Ernesto, que está mais interessado em contar pela terceira vez um fato ocorrido há dois anos como se tivesse acontecido na quarta-feira passada.

A vó Marilda tem a boca cheia de lasanha e pouca paciência, então o interrompe assim que ele inicia a história:

— Isso aconteceu faz décadas e você já contou um milhão de vezes — reclama, abanando a mão direita acima da cabeça.

Ele não desiste de contar.

Ainda sem fome, pula do assunto antigo e já sabido para um falso, embora ele mesmo não saiba disso:

— Júlio, você acredita que ainda não encontrei aquela peça pro meu Corsa?

Júlio não sabe o que responder.

Todos sabem que o carro não está quebrado, que essa foi uma mentira inventada para que ele não dirigisse mais. Menos o Ernesto, que culpa as concessionárias pela peça que nunca chega.

Ainda sem paciência, vó Marilda acaba com a farsa.

— Fica quieto, Ernesto. Seu carro está ótimo. Tem peça quebrada nenhuma, isso aí foi invenção nossa porque você não está mais em condição de dirigir. Recomendações médicas.

— Vocês inventaram isso aí? Que recomendações médicas são essas? — Ernesto pergunta, entre incrédulo e irritado, encarando cada um dos enganadores.

— É besteira da mãe, senta aí e come. Depois a gente arruma o carro — Gabriela diz ao pai, olhando para o filho. Quer perceber se o menino achou estranha a revelação da avó que os colocou como mentirosos e o avô como uma pessoa incapaz de assumir o volante de seu próprio carro. Mas o menino parece mais preocupado em cortar com o garfo seu pedaço de frango.

— Como assim, besteira? Júlio, você sabia?

Júlio, mais uma vez, não sabe o que responder. Enfia um pedaço de lasanha na boca.

— Então amanhã mesmo vou tirar o Corsinha da garagem e levar no mecânico.

— Eu levo o senhor, seu Ernesto — Júlio se apressa a oferecer.

— Vai no mecânico fazer o quê, se eu falei que o seu carro está bom? Você realmente está gagá.

Gabriela se incomoda com a atitude da mãe, com a palavra gagá, menos pelo pai, mais por ter dito aquilo na frente do menino, que encara o avô agora de pé do outro lado da mesa.

— Eu vou e pronto. E o Luquinhas vai comigo — avisa, apontando o neto, que usa a faca da mãe para esmiuçar o frango.

O menino se assusta. Não por ter sido pego com a faca perigosa que afanou do prato da mãe sem consentimento. É por ter sido tratado novamente de forma carinhosa pelo avô, por ser reconhecido novamente por Luquinhas.

Até o final do almoço, todos continuam discutindo sobre carro, peças, mentiras e recomendações médicas. Menos Lucas, que só pensa no passeio do dia seguinte.

EQUILIBRISTA

Quando menino, você aprendeu de primeira a andar de bicicleta, sem rodinhas, o pé firme acertando o impulso. Não gostava que o vigiassem, que o seguissem com as mãos preparadas para o amparo, que duvidassem do seu equilíbrio. O pai nos levava na praça e ficava vigiando, sentado no banco de cimento. Você ia na frente, só em duas rodas, e eu, atrás, ainda com receio de tentar uma volta sem o apoio. Mas eu não me importava, mesmo quando você me chamava de cagão.

Você era bom em correr também. Saía da sala, passava pela cozinha, dava a volta no quintal e entrava pela sala de novo. Eu o seguia, gostava de imitar a sua vivacidade. Você tinha medo de que eu o ultrapassasse, mas eu fazia questão de ficar mesmo um pouco recuado, só para vê-lo completar a volta na minha frente. Você levava o carrinho de ferro apertado na mão, um carrinho que não andava no chão como os outros, voava; vuuuuuu-vuuuuuu, você fazia com a boca formando um bico, os braços bem esticados imitando ondas no ar.

Por falar em ondas, lembra da praia? Do mar? Nossos pulos logo que alcançávamos a beirinha, as pernas se encolhendo e devolvendo os pés à água fria. O vento era fresco e o barulho era bom, de paz, de liberdade. Quando só faltava molhar a cabeça, você mergulhava e voltava com os olhos apertados, secava o rosto com a mão e tornava a se jogar, os braços bem abertos para espirrar água no meu corpo ainda meio seco. Você ia e vinha umas três vezes até eu tomar a minha primeira coragem de molhar acima da cintura.

E quando brincávamos de circo, lembra? Você sempre queria ser o equilibrista. Com a vassoura nas mãos, ereto, andava por uma corda imaginária. Chegava em um ponto e retornava, todo sério para não escapar da linha que só você via. Para mim, você era sempre o mágico daquele nosso circo inventado. Eu escolhia assumir o palhaço, gostava de fazê-lo sorrir, dava cambalhotas, inventava um caminhar estranho e você caía na risada, sempre.

Só parávamos de brincar quando a mãe chamava para comer, pedíamos mais alguns minutos, mas ela sabia que os minutos se tornariam horas; então ela ia nos buscar, um em cada mão. Engolíamos a comida com pressa, garfadas enormes que mal cabiam em nossas bocas ansiosas. Não sabíamos que a deglutição poderia se tornar quase um sacrifício. Não sabíamos de nada. Nem imaginávamos que seria possível não conseguir andar em linha reta, colocar uma perna na frente da outra sem muito esforço, dar cambalhotas, devolver os pés firmes ao chão após um salto. Nem suspeitávamos que poderia se tornar difícil segurar firme um objeto, manter as mãos quietas, pronunciar palavras simples, tornar a boca um bico.

Agora você entra no quarto, e eu não pareço propício para risadas, então você vai até a lavanderia e volta com uma vassoura, desenrosca a escova e fica só com o cabo, que ergue na altura da cintura e caminha pela linha imaginária. Vai e volta sobre o fio que hoje eu enxergo, finge um desequilíbrio inesperado para me fazer sorrir.

É torto o sorriso nessa minha boca que há tempos tem dificuldade em formar um bico.

Hoje você escolheu ser também o palhaço neste nosso circo inventado.

à Laranja Original Editora e Produtora Eireli
Rua Isabel de Castela, 126 – Vila Madalena
São Paulo – SP – CEP 05445-010

www.laranjaoriginal.com.br

Edição: Clara Baccarin
Produção executiva: Bruna Lima
Preparação de Texto: Giselle Fiorini Bohn
Projeto gráfico: Yves Ribeiro
Curadoria: Maya Falks
Fotografia da capa: Yves Ribeiro

Dados Internacionais de Catalogação na Publicação (CIP)
(Câmara Brasileira do Livro, SP, Brasil)

Barbetta, Fernanda Caleffi
Maçã, mesa, moeda / Fernanda Caleffi Barbetta.
-- São Paulo : Editora Laranja Original, 2025.
-- (Coleção pêssego azul)

ISBN 978-65-5312-012-9

1. Contos brasileiros 2. Demência I. Título.
II. Série.

25-283663 CDD-B869.3

Índices para catálogo sistemático:

1. Contos : Literatura brasileira B869.3

Eliane de Freitas Leite - Bibliotecária - CRB 8/8415

COLEÇÃO PÊSSEGO AZUL

Títulos desta coleção:

Meus sapatos ainda carregam a poeira de Cusco – Thiago de Castro
Vassoura atrás da porta – Ângela Marsiglio Carvalho
Coleção de pensamentos – Beatriz Di Giorgi
As cores da minha memória – Cláudia Marchiò
Coleção de pensamentos – Beatriz Di Giorgi
Pietà – Eduardo Sigrist

Fonte Minion Pro
Caixa de texto 95 x 166 mm
Papel Pólen Bold 90g/m^2
nº páginas 96
Impressão Psi7
Tiragem 150 exemplares